Fabian Lenk

1000 Gefahren im alten Rom

W0288943

In der Reihe „1000 Gefahren" sind erschienen:

RTB 52339 · Vince Lahey, *Der Fluss der 1000 Gefahren*

RTB 52340 · Edward Packard, *Die Insel der 1000 Gefahren*

RTB 52341 · R. A. Montgomery, *Die Schatzsuche der 1000 Gefahren*

RTB 52343 · Edward Packard, *1000 Gefahren zur Geisterstunde*

RTB 52344 · R. A. Montgomery, *Der Urwald der 1000 Gefahren*

RTB 52345 · Fabian Lenk, *Das Meer der 1000 Gefahren*

RTB 52346 · Fabian Lenk, *Die Pyramide der 1000 Gefahren*

RTB 52360 · Fabian Lenk, *Die Burg der 1000 Gefahren*

RTB 52361 · Fabian Lenk, *Das Fußballspiel der 1000 Gefahren*

RTB 52362 · Fabian Lenk, *Der Tempel der 1000 Gefahren*

RTB 52363 · Fabian Lenk, *Die Wüste der 1000 Gefahren*

RTB 52365 · R. A. Montgomery, *1000 Gefahren auf der Suche nach Atlantis*

RTB 52366 · Edward Packard, *1000 Gefahren im Weltall*

RTB 52381 · Fabian Lenk, *Der Berg der 1000 Gefahren*

RTB 52382 · R. A. Montgomery, *Das Verlies der 1000 Gefahren*

RTB 52383 · Laban Carrick Hill, *Die Maske der 1000 Gefahren*

RTB 52385 · Frank Stieper, *Das U-Boot der 1000 Gefahren*

RTB 52396 · Fabian Lenk, *1000 Gefahren auf dem Piratenschiff*

RTB 52397 · Edward Packard, *1000 Gefahren im Strafraum*

RTB 52407 · Fabian Lenk, *1000 Gefahren im Gruselschloss*

RTB 52408 · Frank Stieper, *1000 Gefahren – Angriff der Roboterspinnen*

RTB 52417 · Frank Stieper, *Sturzflug der 1000 Gefahren*

RTB 52426 · Frank Stieper, *Das Labor der 1000 Gefahren*

RTB 52437 · Frank Stieper, *1000 Gefahren im Internet*

RTB 52463 · Fabian Lenk, *1000 Gefahren in der Drachenhöhle*

RTB 52474 · Fabian Lenk, *1000 Gefahren bei den Rittern der Tafelrunde*

RTB 52475 · Edward Packard, *1000 Gefahren am Katastrophentag*

RTB 52498 · Fabian Lenk, *1000 Gefahren im alten Rom*

RTB 52499 · Fabian Lenk, *1000 Gefahren bei den Wikingern*

RTB 52500 · Fabian Lenk, *1000 Gefahren bei den Samurai*

RTB 52501 · Fabian Lenk, *1000 Gefahren im Reich des Pharao*

Fabian Lenk

1000 GEFAHREN
DU ENTSCHEIDEST SELBST!

1000 Gefahren im alten Rom

Mit Illustrationen
von Rolf Bunse

Ravensburger Buchverlag

FSC
www.fsc.org
MIX
Aus verantwortungs-
vollen Quellen
FSC® C114500

Als Ravensburger Taschenbuch
Band 52498
erschienen 2013

© 2013 für Text und Illustrationen
Ravensburger Buchverlag
Otto Maier GmbH

Umschlagillustration: Stefani Kampmann
Textlektorat: Andreas Rode

Alle Rechte dieser Ausgabe
vorbehalten durch
Ravensburger Buchverlag
Otto Maier GmbH

Printed in Germany

1 2 3 4 5 17 16 15 14 13

ISBN 978-3-473-52498-3

www.ravensburger.de

Warnung!

Lies dieses Buch nicht in einem Zug von vorne bis hinten durch. Es enthält verschiedene Abenteuer, die du im alten Rom erleben kannst. Von Zeit zu Zeit kannst du beim Lesen zwischen verschiedenen Möglichkeiten wählen. Wenn du dich für einen Weg entschieden hast, dann folge den Anweisungen, um herauszufinden, was als Nächstes passiert.
Aber Vorsicht! Nicht jedem kannst du trauen: Ob als Wagenlenker auf der Rennbahn, als Legionär in Germanien oder als Gladiator in der Arena – überall musst du mit Gefahren rechnen. Dir werden grimmige Feinde, durchtriebene Betrüger, geldgierige Verbrecher und skrupellose Verschwörer begegnen. Überleg also gut, wem du Vertrauen schenkst. Denk nach, bevor du dich entscheidest. Wenn du einen Fehler machst, gibt es kein Zurück! Dein Überleben hängt von deinem schnellen und guten Urteilsvermögen ab.

Viel Glück!

„Schneller, beim Jupiter! Mach schon!", brüllt dein Vorarbeiter dich an und schwingt die Peitsche.
Keuchend schuftest du weiter. Du bist ein Tagelöhner. Jemand, der Tag für Tag hofft, auf einer Baustelle in Rom Arbeit zu finden. Gerade stehst du in 15 Metern Höhe auf einem verdammt wackligen Gerüst. Ihr schichtet luftgetrocknete Ziegel übereinander und zieht so die Mauern hoch.
Man schreibt das Jahr 9 nach Christus, Kaiser Augustus ist an der Macht. Gerade seid ihr dabei, ein großes Mietshaus in der Nähe des Forum Romanum zu errichten.
Das Forum. Du seufzt. Dort ist das politische Machtzentrum. Hier stehen auch die riesigen, mit Säulen und weißem Marmor geschmückten Tempel: der Tempel der Concordia, der Göttin der Eintracht, und der des Saturn, des Gottes des Ackerbaus. Oder der Tempel der Vesta, wo Priesterinnen das heilige Feuer hüten, das niemals ausgehen darf. Und darüber, auf dem höchsten Hügel der Stadt, steht der Tempel des wichtigsten Gottes, Jupiter.
Schaust du in die andere Richtung, so siehst du den Palatin, den Hügel, auf dem die Reichen in ihren protzigen Villen leben. Darunter liegt der Circus Maximus, wo die spannenden und oft tödlich verlaufenden Wagenrennen stattfinden. Ein Wagenlenker – das wärst du auch gern mal. Die Männer riskieren ihr Leben. Aber sie werden von Tausenden angefeuert, sie sind berühmt und reich.
Und du?

Lies weiter auf Seite 74

Du entzündest ein Öllämpchen. Langsam, Stufe für Stufe, steigst du die Treppe hinunter und gelangst in den Keller. Hier sind Vorräte gelagert, die kühl gehalten werden müssen. Als du unten angekommen bist, spitzt du die Ohren. Die verdächtigen Geräusche sind verstummt. Hast du dir das alles nur eingebildet?

Unsinn!, sagst du dir und gehst weiter.

Plötzlich verlöscht dein Licht.

Mist! Offenbar war kaum noch Öl in der Lampe.

Du drehst dich um und willst eine andere Lichtquelle holen.

In dieser Sekunde packt dich jemand von hinten und eine Frauenstimme raunt dir zu: „Keinen Mucks, wenn dir dein Leben lieb ist."

Wenn du dich wehrst,
lies weiter auf Seite **29**

Wenn du gehorchst,
lies weiter auf Seite **60**

Ein älterer Mann öffnet. Als er deine römische Uniform sieht, spiegelt sich Panik in seinen Augen wider. Du redest auf ihn ein. Es fällt euch gar nicht so leicht, euch zu verständigen. Aber der Mann kann ein paar Brocken Latein und du hast von Arminius ein wenig Germanisch aufgeschnappt. Mit Händen und Füßen gelingt es dir, ihm klarzumachen, dass du ihm nichts tun willst. Du legst ihm dein Schwert zu Füßen.

Da lässt dich der Mann herein. In seinem Haus brennt ein Feuer, es ist angenehm warm. Der Mann hat eine Frau und zwei Töchter. Sie beäugen dich zunächst ebenso misstrauisch. Aber auch mit ihnen kannst du dich, wenn auch mühsam, verständigen.

Man bietet dir sogar etwas zu essen und zu trinken an. Du verdeutlichst den Germanen, dass du nur eins willst: nach Hause! Und du weißt, dass du dafür neue Kleidung brauchst – die Kleidung eines Germanen.

Schließlich gelingt dir ein großartiger Handel: Du tauschst dein Gladius und deine Rüstung gegen ein Hemd, eine Hose, einen schweren Wollmantel und feste Schuhe. Die Sachen passen dir wunderbar, glücklicherweise hat der Germane etwa deine Kleidergröße.

Am nächsten Morgen brichst du auf. Die freundliche Familie erklärt dir noch den Weg, den du einschlagen musst.

In der Nacht hat es aufgehört zu regnen, der Weg ist trocken und du kommst gut voran. Über verschlungene Pfade gelangst du unbehelligt durch das Gebiet der Germanen. Nach zwei Wochen erblickst du ein befestigtes römisches Lager am Rhein. Du hast es geschafft!

Ende

Sofort untersucht Marius seine Tiere. „Sie haben Koliken“, stellt er fest. „Vermutlich hat jemand den Pferden etwas ins Futter gemischt. Jemand, der ein großes Interesse daran hat, dass ich das Rennen verliere!“ Er schaut dich scharf an.
„Ich … ich war es nicht!“, beteuerst du.
„Nun, ich will dir glauben“, sagt Marius. „Und jetzt werde ich trotzdem antreten – ich werde meine Mannschaft nicht im Stich lassen. Zudem tut Bewegung einem Pferd, das unter einer Kolik leidet, gut.“
Kurz darauf beginnt das Rennen. Für jede Mannschaft gehen drei Quadrigen an den Start. Das blaue Team gilt als Favorit. Marius gibt alles, aber seine Pferde sind heute viel zu langsam. Das gilt auch für die Tiere seiner Mitstreiter – auch sie laufen diesmal deutlich schlechter als sonst. Und so gewinnt das rote Team.
Später bist du allein bei den Pferden im Stall. Es geht ihnen inzwischen besser. Immerhin. Aber das Rennen ist verloren. Und irgendjemand hat nachgeholfen. Doch wer? Die Sache lässt dir keine Ruhe. Jemand muss sich hier nachts hereingeschlichen und den Pferden etwas ins Futter gemischt haben. Hat der Täter womöglich eine Spur hinterlassen? Oder hat einer der anderen etwas gehört oder beobachtet?

**Wenn du den Stall absuchst,
lies weiter auf Seite** **64**

**Wenn du dich bei den Rennfahrern
und Knechten umhörst,
lies weiter auf Seite** **101**

Wer weiß, wer dort lauert!
Lieber machst du einen Bogen um die Hütte. Irgendwie wirst du schon einen Weg aus diesem elenden Sumpf finden.
Irrtum.
Das Moor scheint kein Ende zu haben. Vielleicht bist du aber auch im Kreis gegangen.
Und irgendwann machst du den einen, aber entscheidenden falschen Schritt – und das Moor verschluckt dich.

Ende

12

Du stürzt dich ins Getümmel. Weinkrüge, Gläser, Stühle und sogar ein Tisch fliegen. Der Wirt versucht zu schlichten, aber es ist umsonst. Der Kampf tobt!
Du schlägst dich tapfer auf der Seite deines Idols Marius.
Da segelt ein gegrillter Fisch durch den Raum und klatscht einem Mann mitten ins Gesicht. Ein Schrei ertönt. Dem Fisch folgen gebratene Entenkeulen. Auch die eignen sich prima als Waffen!
Unvermittelt blitzt eine Klinge auf – einer der Angreifer hat ein Messer gezogen und geht damit auf Marius los!
Schreckensbleich weicht der berühmte Wagenlenker zurück. Aber du bist ja auch noch da! Du kickst dem Angreifer die Waffe aus der Hand, Marius springt nach vorn und setzt den Kerl mit einem Kinnhaken außer Gefecht.
Dann knöpft ihr euch die anderen Typen vor und treibt sie aus dem Lokal. Ihr habt gewonnen! Aber der Sieg ist teuer erkauft. Einige von Marius' Männern sind verletzt worden.
„So einen wie dich könnte ich gut gebrauchen", sagt Marius zu dir. „Vor allem jetzt, da einige von meinen Gehilfen verletzt sind. Willst du bei mir Stallbursche werden und dich um meine Rennpferde kümmern?"

Wenn du keine Lust auf Stallgeruch hast,
lies weiter auf Seite **17**

Wenn du Marius' Angebot annimmst,
lies weiter auf Seite **93**

14

Bei einem Germanen anklopfen? Niemals! Das ist dir viel zu riskant! Also marschierst du weiter.

Aber wohin eigentlich? Du musst dir eingestehen, dass du überhaupt keine Ahnung hast, wo du dich befindest. Und so irrst du ohne Plan durch die schier endlosen Wälder und Sümpfe Germaniens. Nach zwei Tagen bist du völlig entkräftet und sackst zusammen.

Das Wolfsrudel, das dir schon seit einiger Zeit folgt, hat nun leichtes Spiel …

Ende

Eure Offiziere treiben euch unerbittlich auf die Brücke. Mit den Rammböcken und den Türmen rückt ihr vor, während die Katapulte weiter Steine auf die Mauern feuern. Die Galater wehren sich mit dem Mut der Verzweiflung und decken euch mit einem wahren Hagel von Pfeilen und Speeren ein.

Tja, und leider wirst auch du getroffen – tödlich.

Ende

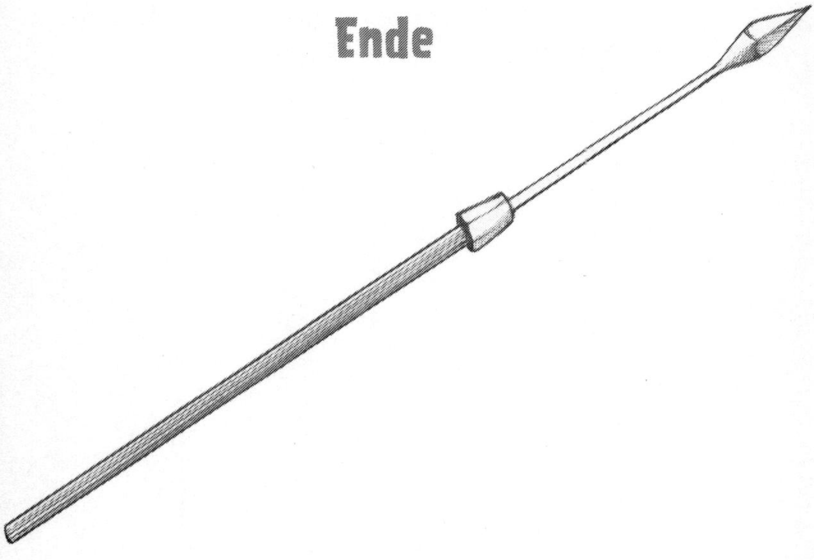

16

Nein, mit Quintus legst du dich lieber nicht an. Schließlich ist er ein Freund von Marius. Wenn bekannt wird, dass du Quintus verdächtigst, die eigene Mannschaft geschädigt zu haben, wird man dich garantiert rauswerfen. Und warum sollte Quintus das auch tun? Das ergibt doch gar keinen Sinn. Du beschließt, die Sache auf sich beruhen zu lassen. Mit dieser Einstellung fährst du ganz gut. Du behältst deine Stelle bei Marius – und bei den nächsten Rennen ist eure Mannschaft auch wieder ganz vorne mit dabei.

Ende

Du findest wieder Arbeit, diesmal beim Bauunternehmer Lucius. Er gilt als einer der reichsten Männer Roms. Überall baut er Mietsblöcke. Sie sind bis zu sieben Stockwerke hoch und der letzte Schrott. Die Mauern sind dünn, die Ziegel porös und die Dächer bestehen nur aus billigem Holz, das schnell Feuer fängt. Aber das ist Lucius egal. Ihn interessiert nur der Profit. Und wenn eines seiner Häuser zusammenkracht oder abbrennt, dann baut er eben ein neues.

Dein Zimmerchen befindet sich auch in einem solchen Billighaus. Dieses ist allerdings nicht von Lucius, sondern von seinem schärfsten Konkurrenten, Tiberius, erbaut worden. Du wohnst ganz oben unter dem Dach. Dort ist es stickig und laut. Aber was willst du tun? Du kannst dir nichts Besseres leisten.

Eines Nachts liegst du wach. Der ewige Lärm ... Du gehst zum Fenster und blickst in die Gasse hinunter.

Ein Mann sieht zu dir hoch. Als er dich bemerkt, taucht er in den Schatten eines Hauseingangs. Offenbar will er nicht erkannt werden.

**Wenn du nachsiehst,
wer der Unbekannte ist,
lies weiter auf Seite** **26**

**Wenn du dich wieder hinlegst,
lies weiter auf Seite** **109**

Du knallst die Tür hinter dir zu. Aber der Rauch findet immer einen Weg. Er kommt durch den Spalt unter der Tür, er dringt durch Fugen und Ritzen. Du ahnst, dass auch die Tür bald in Flammen stehen wird. Dann ist das Feuer bei dir, in deinem Zimmer!

Du gerätst in Panik und beschwörst alle Götter, dir beizustehen. Doch du bist auf dich allein gestellt, kein Gott hilft dir hier raus. Du läufst zum einzigen Fenster deiner bescheidenen Unterkunft und schaust hinaus. Tief unter dir in der Gasse stehen Schaulustige. Andere helfen, haben eine Eimerkette gebildet. Aus den benachbarten Fenstern schlagen bereits die Flammen.

Was nun? Sollst du springen? Aus dieser Höhe?

Da siehst du, dass auf der Höhe deines Fensters ein schmaler Sims verläuft. Kannst du über den Sims zum Nachbarhaus balancieren? Dort brennt es noch nicht. Dummerweise bist du nicht schwindelfrei …

Wenn du springst,
lies weiter auf Seite **69**

Wenn du über den Sims balancierst,
lies weiter auf Seite **102**

Am nächsten Morgen stehst du mit deinem Freund Publius in der Kaserne. Ein Offizier, der Zenturio Decimus, nimmt euch gleich hart ran.

„Ihr Weicheier wollt in der ruhmreichen Legion dienen? Lächerlich! Ihr wisst ja noch nicht mal, wo hinten und vorn bei einem Schwert ist!“, brüllt er euch an.

Dann beginnt der Drill. Ihr lernt, mit dem Gladius umzugehen, dem römischen Kurzschwert. Dann trainiert ihr mit dem Pilum, dem Speer, den ihr auf Sandsäcke schleudert. Stundenlang marschiert ihr in bestimmten Kampfformationen. So geht es wochenlang, immer schön begleitet von Decimus' Gebrüll.

Endlich, nach harter Ausbildung, ist Decimus mit euch zufrieden. Euer erster Einsatz in fernen Ländern steht bald an. Für zwei ganz unterschiedliche Ziele kannst du dich bewerben: Du kannst mit in das ferne Germanien ziehen. Oder du kannst dich zu den Legionen melden, die auf Gordion zumarschieren sollen, die Hauptstadt der aufständischen Galater.

**Wenn du nach Gordion möchtest,
lies weiter auf Seite 22**

**Wenn du nach Germanien willst,
lies weiter auf Seite 45**

Am nächsten Morgen stehst du wieder an der Baustelle und hoffst auf Arbeit. Doch die Enttäuschung ist groß. Heute kann man dich nicht brauchen. Du wirst fortgeschickt.
Mutlos streifst du durch die Gassen. Wie immer herrscht dichtes Gedränge. Überall bieten Händler ihre Waren an: Obst, Fleisch, billigen Schmuck, Stoffe. Es riecht nach Bratenfett, scharfen Gewürzen, Lampenöl und Wein. Aus den Werkstätten dringen Hammerschläge. Ein Friseur schneidet vor seinem Hauseingang einem Mann die Haare. Ein Schlangenbeschwörer bläst auf seiner Flöte, ein Feuerschlucker hofft auf Einnahmen. Bettler strecken klagend ihre Hände aus. Reiche Bürger in edlen Gewändern, begleitet und beschützt von kräftigen Sklaven, eilen an ihnen vorbei.
So verrinnt der Vormittag. Du sprichst auf anderen Baustellen vor, aber niemand will dich anstellen.
Mittags bleibst du an einem Thermopolium, einem Imbissstand, stehen. Dein Magen knurrt. Aber du hast kein Geld.
„He, du", sagt da ein großer Mann zu dir, dessen Gesicht mit Narben übersät ist. „Suchst du Arbeit?"
„Ja."
„Da hätte ich etwas für dich. Du siehst sehr kräftig aus. Willst du Gladiator werden? Ich betreibe eine Schule in der Nähe …"

Wenn es dir zu gefährlich ist, als Gladiator zu kämpfen, lies weiter auf Seite 81

Wenn du einwilligst, Gladiator zu werden, lies weiter auf Seite 114

Bevor du anfängst, musst du einen Vertrag unterschreiben. Darin steht, dass nur Brutus entscheidet, wann du als Gladiator aufhören darfst. Dafür ist die Ausbildung kostenlos.

Diese Ausbildung ist knallhart. Brutus ist ein ziemlicher Schleifer, aber du erträgst alles klaglos, weil du weißt, dass dir dieses Training in der Arena vielleicht das Leben retten kann.

Du wirst zu einem Murmillo ausgebildet – das heißt, dass du mit einem Schwert und einem Schild kämpfst und einen Helm tragen darfst. Andere Kämpfertypen sind zum Beispiel der Retiarier, der mit einem Wurfnetz und einem Dreizack bewaffnet ist, oder der Thraker, der mit einem sichelförmigen Kurzschwert attackiert.

In der letzten Nacht vor den Kämpfen liegst du lange wach. Wenn du morgen im Kolosseum siegst, bist du ein reicher Mann. Jemand, dem alle zujubeln! Doch womöglich geht für dich morgen die Sonne ein letztes Mal auf. Du bist hin und her gerissen. Wäre es nicht schlauer, aus der Kaserne zu fliehen? Aber wofür hast du dann so lange trainiert?

Wenn du die Kaserne heimlich verlässt,
lies weiter auf Seite **32**

Wenn du im Kolosseum antrittst,
lies weiter auf Seite **97**

Monate später findest du dich vor der feindlichen Stadt wieder. Leider ist dein Freund Publius nicht bei dir. Auf dem Marsch ist er erkrankt und musste heimkehren.
Gordion liegt auf einer felsigen Anhöhe und ist stark befestigt. Ein Wassergraben und hohe Mauern umgeben die Stadt der Galater.
Wochenlang habt ihr Gordion belagert. Doch euer Feind hat offenbar genügend Vorräte. Die Galater denken überhaupt nicht daran, sich zu ergeben.
Du denkst scharf nach: Haben die Galater einen geheimen Nachschubweg?
Du holst dir die Erlaubnis, das Gelände nachts zu erkunden.
Der Mond ist nur eine schmale Sichel, als du die Stadt auf dem felsigen Plateau als Späher umrundest. Die finstere Nacht ist dein Verbündeter, die Wachen auf den Mauern sehen dich nicht.
Plötzlich entdeckst du einen Spalt in der Felswand. Ist das etwa das Tor zu einem Geheimgang?

Wenn du den Spalt in der Felswand lieber nicht betrittst, lies weiter auf Seite 31

Wenn du in den Spalt hineingehst, lies weiter auf Seite 113

Endlich, die Rennen beginnen! Zwölf Fahrer stehen in ihren Quadrigen, je drei pro Mannschaft. Die Pferde schnauben nervös. Jeder Platz im riesigen Circus Maximus ist besetzt. Das Startsignal! Hufe donnern, die Menge tobt!

Du fieberst mit. Marius hat einen guten Start erwischt. Auf der ersten langen Geraden liegt er gleich an zweiter Stelle. Dann kommt die erste scharfe Kurve. Marius reißt an den Zügeln, sein Wagen fährt nur noch auf einem Rad, die Quadriga schießt um die Kurve – und Marius ist Erster!

Hinter ihm bricht ein heilloses Durcheinander aus. Drei Quadrigen verkeilen sich ineinander. Achsen brechen, Holz splittert, Pferde brechen aus, Männer krachen in den Staub. Marius achtet nicht darauf, er jagt weiter über die Piste. Doch hinter ihm fliegt förmlich ein Fahrer des grünen Teams heran. Du kennst diesen Mann – es ist Gaius, der ebenfalls schon viele Siege eingefahren hat. Wieder geht es um die Kurve, Marius verteidigt die Spitzenposition knapp. Auf der nächsten Geraden holt Gaius auf. Jetzt sind die beiden Fahrer auf gleicher Höhe! Dir stockt der Atem, als Gaius plötzlich mit der Peitsche auf Marius einprügelt! Prompt verliert Marius die Kontrolle über sein Gespann und kracht in die Seitenwand. Er wird aus dem Wagen geschleudert und schwer verletzt. Während Gaius dem Sieg entgegensteuert, hilfst du Marius. „Du musst für mich einspringen!“, murmelt er.

Wenn du für Marius einspringst,
lies weiter auf Seite 39

Wenn du lieber nicht für Marius einspringst,
lies weiter auf Seite 83

Am folgenden Nachmittag strömen Abertausende von Zuschauern in den Circus Maximus. Insgesamt 250.000 Menschen passen hinein! Kaiser Augustus bezieht seine riesige Loge. Unter ihm sitzen die wichtigen Senatoren auf Marmorbänken. Das einfache Volk findet auf den Tribünen Platz. Die ärmsten Bürger stehen ganz oben. Es ist wirklich die Hölle los. Fliegende Händler verkaufen Gebäck und Getränke und nehmen die Wetten an. Die blaue Mannschaft ist der haushohe Favorit.

Und du? Du hast heute auch eine Art Logenplatz. Noch bist du in den Ställen, um die Pferde ein letztes Mal vor dem Rennen zu tränken und das Zaumzeug zu überprüfen, aber gleich wirst du ganz unten direkt an der Rennbahn stehen und mitfiebern.

Doch was ist das? Marius' Tiere sind ungewöhnlich unruhig und aggressiv. Was haben sie? Sind sie nur nervös?

Nein, sie scheinen Schmerzen zu haben. Haben sie etwas Falsches gefressen?

Falls ja, wird Marius dich dafür verantwortlich machen …

Wenn du Marius alarmierst,
lies weiter auf Seite **10**

Wenn du ihm nichts sagst,
lies weiter auf Seite **100**

Du rennst nach unten, um der Sache auf den Grund zu gehen. Nun hast du die Haustür erreicht und spähst in die Gasse. Der Mann kommt auf euren Mietsblock zu. In der rechten Hand hält er ein Gefäß mit einer Art Lunte. Und diese Lunte, die brennt!

Das ist ein Brandsatz!, durchfährt es dich.

Du trittst aus dem Haus. „Verschwinde!“, schreist du den Mann an.

Schon dreht sich der Kerl um und flieht die Gasse hinunter.

**Wenn du die Verfolgung aufnimmst,
lies weiter auf Seite 42**

**Wenn du den Mann nicht verfolgst,
lies weiter auf Seite 88**

Nach etwa hundert Metern stoppst du. Das Gelächter ist wieder zu hören, diesmal noch lauter. Es klingt nach einem Frauenlachen. Aber es mischt sich auch das Gegröle von Männern darunter. Findet hier etwa ein Fest statt?
Behutsam schleichst du weiter und erreichst einen halb verfallenen Schutz- und Geräteraum, der keine Tür hat und offenbar von den Kanalarbeitern nicht mehr genutzt wird. Licht fällt durch die Öffnung. Du spähst hinein.
Kaum zu glauben! Mehrere Männer und eine junge, schöne Frau sitzen zusammen und trinken Wein. Um sie herum liegen wertvolle Gegenstände aus Gold und Silber. Du siehst Schmuck, Kerzenständer und Statuen. Und einige der Gegenstände gehören zweifellos Appius! Offenbar hast du das geheime Lager der Roten Hand entdeckt.
Du belauschst die Bande und staunst erneut. Die junge Frau, die Calpurnia heißt, ist die Anführerin!
Schließlich hast du genug gehört. Geräuschlos ziehst du dich zurück und alarmierst Appius. Der Tuchhändler sorgt dafür, dass ein Trupp Soldaten in die Cloaca Maxima eindringt. Du bist auch dabei, denn nur du kennst den Weg zum Hauptquartier der Roten Hand. Ihr habt leichtes Spiel, weil die Bandenmitglieder so viel Wein getrunken haben, dass sie jetzt tief und fest schlafen. Calpurnia und die anderen Einbrecher werden überwältigt und eingesperrt. Dich feiert man als Held – als den Mann, der die Rote Hand zur Strecke gebracht hat!

Ende

Ein Stoßtrupp stürmt unter deiner Leitung in den nahen Wald.
Aber die geheimnisvolle Gestalt ist verschwunden.
„Sehr komisch, Soldat!“, herrscht dich dein Zenturio Decimus an. „Du fürchtest dich wohl allein auf deinem Posten und hast uns deshalb aus dem Schlaf gerissen, was?“
„Ich habe wirklich jemanden gesehen!“, verteidigst du dich.
Brüllendes Gelächter ist die Antwort.
Zur Strafe für den Fehlalarm musst du zwei Wachschichten hintereinander schieben. Folglich bist du am nächsten Morgen völlig übermüdet.
Die drei Legionen brechen auf. Mechanisch wankst du hinter deinem Vordermann her.
Gegen Mittag stoppt der lange Heereszug. Varus verkündet eine Richtungsänderung. Sein Freund Arminius habe erfahren, dass sich ein Stamm der Germanen gegen die Römer erhoben habe. Diesen Aufstand will Varus niederschlagen – sozusagen im Vorübergehen. Allerdings bedeutet das einen kleinen Umweg.
„Oh nein“, stöhnst du.
Ihr verlasst den Weg und dringt tiefer in die Wälder vor.
Dich beschleicht ein ungutes Gefühl. Vielleicht ist das eine Falle! Kann man Arminius trauen? Hat Arminius etwas mit dieser Gestalt in der vergangenen Nacht zu tun?

Wenn du deinen Verdacht Decimus mitteilst, lies weiter auf Seite 46

Wenn du deinen Verdacht verschweigst, lies weiter auf Seite 58

Du wirbelst herum und schlägst zu. Aber dein Hieb geht ins Leere, schließlich ist es stockdunkel!
Du stolperst zur Treppe. Dort ist ein schwacher Lichtschein zu sehen.
„Schnappt ihn euch!“, erklingt die Frauenstimme ein zweites Mal.
Hinter dir sind Schritte zu hören. Schritte, die schnell näher kommen. Und noch bevor du die Treppe erreicht hast, fallen die Täter über dich her.
Und du weißt: Das ist dein

Ende

30

Marius ist entsetzt, als er deinen Bericht hört.
„Und ich dachte immer, dass Quintus mein Freund ist", sagt er leise. Dann geht ein Ruck durch seinen Körper. „Komm, ich will hören, was er selbst dazu zu sagen hat!"
Zunächst streitet Quintus alles ab. Doch du kannst ja bezeugen, dass Quintus Wetten auf andere Mannschaften abgeschlossen hat.
Schließlich bricht Quintus zusammen und gesteht alles. Er hat hohe Schulden und ist deshalb zum Betrüger geworden: Er setzte viel Geld auf andere Mannschaften, die als Außenseiter galten. Denn für den Tipp auf einen siegreichen Außenseiter bekommt man viel mehr Geld, als wenn der Favorit erwartungsgemäß gewinnt.
Dann schwächte Quintus gezielt das favorisierte Team – auch sein eigenes. Er mischte den Pferden etwas ins Futter, das bei den Tieren schmerzhafte Koliken auslöst. Prompt hatten diese Tiere bei den Rennen keine Chance.
Marius sorgt dafür, dass Quintus verhaftet wird.
Und du? Weil du über viel Talent als Wagenlenker verfügst und Marius große Stücke auf dich hält, darfst du Quintus' Platz in der blauen Mannschaft einnehmen. Seite an Seite mit Marius eilst du von Sieg zu Sieg! Das Volk von Rom verehrt dich!

Ende

Unverrichteter Dinge kehrst du in euer Lager zurück.
Weitere Tage vergehen. Allmählich gehen eure Vorräte zur Neige. Schließlich verliert Feldherr Marcus die Geduld – er befiehlt, die Stadt zu stürmen.
Ihr nehmt die Schlachtordnung ein. Jede Kohorte mit ihren 400 Mann stellt sich mit 50 Mann in der Breite und acht Mann in der Tiefe auf. Zwischen den Kohorten werden die Kampfmaschinen nach vorn gerollt. Dazu gehören Rammböcke, mit denen Breschen in die feindlichen Mauern geschlagen werden können. Außerdem bringt ihr die Turres Ambulatoriae in Stellung, acht Meter hohe Belagerungstürme auf Rädern. Und dann sind da noch die Onager, gewaltige Katapulte, die jetzt ohne Unterlass schwere Steine auf die Stadt schleudern. An den Flügeln hat sich die Reiterei positioniert. Euer Ziel ist das Stadttor, zu dem eine Brücke über den Graben führt.
Die Galater empfangen euch mit einem Pfeilhagel. Ihr nehmt die Schilde hoch und rückt weiter vor. Dann erreicht ihr die Brücke. Sie ist so schmal, dass ihr eure Schlachtformation auflösen müsst.
Einer der Rammböcke, ein Aries, wird nach vorn gebracht. Der bewegliche Balken mit dem Kopf aus Bronze hängt in einem überdachten Gestell, das die Mannschaft vor Attacken schützen soll.
„Wer meldet sich freiwillig, um den Aries direkt ans Tor zu schieben?“, fragt Marcus.

**Wenn du die Hand hebst,
lies weiter auf Seite** 53

**Wenn du dich unauffällig im Hintergrund hältst,
lies weiter auf Seite** 91

32

Niemand bemerkt deine Flucht. Wenig später streifst du durch die nächtlichen Gassen Roms.
Wohin?
In deiner Heimatstadt kannst du nicht bleiben. Brutus wird dich irgendwann finden.
Im Morgengrauen ist dein Entschluss gefasst. Du verlässt Rom. Dein Weg führt dich nach Pompeji. Dort findest du Arbeit bei einem freundlichen und reichen Mann, der Wein anbaut.
Dein Leben ist einfach, aber beschaulich und vor allem friedlich. Du bereust deine Entscheidung, den Gladiatoren den Rücken gekehrt zu haben, keine Sekunde lang.

Ende

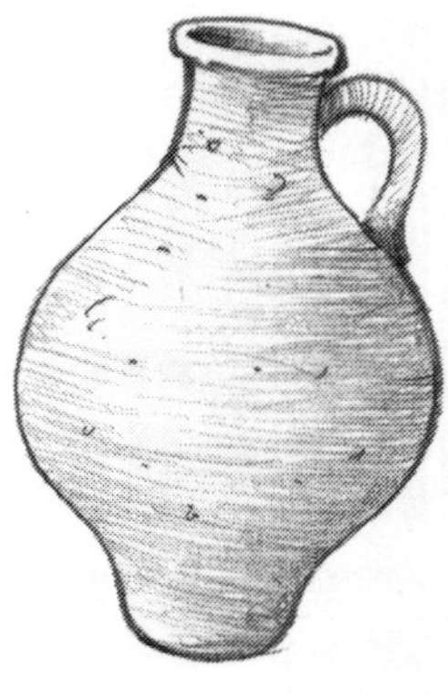

Mit dem Mut der Verzweiflung wagst du einen Ausfall. Die Wut über Arminius' Verrat verleiht dir neue Kraft. Doch du hast keine Chance. Ein Germane schlägt dich von hinten nieder, als du gerade über den Wall geklettert bist. Um dich herum wird alles schwarz.

Als du wieder aufwachst, ist die Schlacht geschlagen. Alle drei Legionen sind von den Germanen vernichtet worden. Dich hat man für tot gehalten und einfach liegen gelassen – das ist dein großes Glück. Du rührst dich nicht, bis es völlig dunkel ist.

Dann stehst du auf und schleichst vom Schlachtfeld.

Du wanderst durch die Wälder Germaniens und ernährst dich von Pilzen und Beeren.

Völlig entkräftet kommst du schließlich in einem Römerlager am Rhein an. Du bist gerettet – und einer der wenigen Legionäre, die diese Schlacht überlebt haben.

Ende

34

Du lässt die Schultern hängen und tust so, als würdest du dich deinem Schicksal ergeben. Entsprechend unaufmerksam sind Decimus und Arminius. Das nutzt du aus, um den Zenturio mit einem Schlag niederzustrecken. Arminius versetzt du einen heftigen Stoß, sodass er zu Boden stürzt.

Dann rennst du los. Du flitzt in den nahen Wald und entkommst so deinen Verfolgern.

Aber deine Freude währt nicht lange. Denn plötzlich siehst du dich ein paar bis an die Zähne bewaffneten Germanen gegenüber – und du weißt: Das ist das

Ende

Drei Wochen sind nach der merkwürdigen Begegnung mit Julia vergangen. Die junge Priesterin arbeitet weiter im Tempel, du schlägst dich nach wie vor als Tagelöhner durchs Leben. Von einem Anschlag auf den Kaiser hörst du nichts.

Das ändert sich jedoch eines Abends. Du lässt den arbeitsreichen Tag mit ein paar Freunden in einem einfachen Gasthaus ausklingen, als ein alter Mann hereinstürmt.

„Habt ihr schon gehört? Auf Augustus wurde ein Anschlag verübt!“, ruft er außer sich.

Dir wird heiß. Haben etwa die Vestalinnen damit zu tun?

„Was ist geschehen?“, willst du wissen.

„Es geschah im Tempel der Vesta!“, berichtet der Mann. „Eine der Priesterinnen versuchte, unseren Kaiser mit einem Messer zu töten! Das hat mir mein Sohn erzählt. Er gehört zur Leibwache. Aber Augustus konnte den Angriff abwehren und wurde nur leicht verletzt. Wie man hört, sind auch Senatoren in den Anschlag verwickelt!“

Bei allen Göttern!, denkst du dir. Dann hat Julia also doch keinen Unsinn erzählt!

„Hat man die Täter geschnappt?“, fragt einer deiner Freunde.

Der Alte nickt. „Alle Priesterinnen wurden verhaftet!“

„Alle?“, fragst du nach. „Wirklich alle?“

„Ja“, erwidert der Mann. „Ich sah, wie sie abgeführt wurden.“

Da wirst du sehr, sehr traurig. Hättest du Julia doch nur geglaubt. Dann hätte das alles verhindert werden können …

Ende

Mit gezücktem Gladius wehrst du dich. Der erste Germane, ein Riese mit dichtem Bart, schlägt brüllend mit seinem Langschwert nach dir. Die Klinge zischt dicht an deinem Kopf vorbei. Du wagst einen Ausfallschritt und rutschst prompt aus. Du landest auf dem Boden. Der Riese lacht und holt aus. Doch mitten in der Bewegung erstarrt er – dann bricht er zusammen.

Hinter ihm taucht Decimus auf. Er hat dich gerettet, indem er den Germanen niedergestreckt hat.

„Steh auf, beim Mars!", schreit Decimus dich an.

Du bedankst dich und rappelst dich auf. Dann stürzt du dich in die Schlacht. Um dich herum wogt der Kampf. Schwerter blitzen, Pfeile surren, Lanzen fliegen. Schreie gellen, Männer sinken in den kalten Schlamm.

Wütend und verzweifelt kämpfst du gegen die Übermacht. Aber du ahnst, dass ihr gegen die Angreifer keine Chance habt. Ihr seid nicht in der Lage, eure bewährte Schlachtformation einzunehmen oder eure Kriegsmaschinen einzusetzen. Außerdem können sich die Germanen immer wieder hinter den Wall zurückziehen und neue, frische Krieger ins Feld schicken. Aber ihr seid erschöpft und durchnässt – und hinter euch ist nur das Moor!

Der Wall …

**Wenn du versuchst,
über den Wall zu kommen,
lies weiter auf Seite 33**

**Wenn du die Stellung hältst,
lies weiter auf Seite 98**

Angriff ist die beste Verteidigung!, denkst du dir und springst, bewaffnet mit einem hölzernen Wassereimer, aus der Box.
Die Gestalt greift in ihr Gewand und zückt ein Messer. Das ist zweifellos die bessere Waffe!
„Ich werde die Pferde von Marius verletzen, damit er das Rennen morgen nicht gewinnt. Und du elender Wurm wirst mich nicht davon abhalten!“, zischt der Mann böse.
Und jetzt?

Wenn du fliehst,
lies weiter auf Seite 62

Wenn du angreifst,
lies weiter auf Seite 104

Marius wird von einem Arzt versorgt. Die Quadriga hat den Unfall gut überstanden, die Pferde wurden ausgewechselt. Und du? Du bist unglaublich nervös. Wirst du dich vor Hunderttausenden von Zuschauern lächerlich machen? Viel Zeit zum Grübeln bleibt dir nicht – das nächste Rennen steht an!
Dein Wagen schießt unter dem ohrenbetäubenden Jubel der Massen los, gezogen von vier durchtrainierten Rennpferden. Leicht vornübergebeugt stehst du in der Quadriga und hältst die Zügel ganz locker.
Vor der ersten Kurve liegt ihr auf Platz sieben. Doch wie bei Marius' Rennen gibt es auch hier einen Unfall, bei dem gleich zwei der führenden Quadrigen ausscheiden! Am Ende der ersten Runde befindest du dich auf Platz drei. Vor dir donnern ein Fahrer des weißen und ein Fahrer des grünen Teams nebeneinanderher, von hinten stürmt ein Wagenlenker des roten Teams heran. Kurz vor der Kurve löst sich ein Rad am weißen Wagen – die Quadriga gerät ins Schlingern und rumpelt gegen den grünen Wagen! Zack, wieder zwei weniger! Fantastisch, jetzt bist du Erster! Doch da ist ja noch der rote Wagen! Er holt dich ein, schert aus deinem Windschatten aus, ist auf gleicher Höhe und versucht dich abzudrängen! Aber du hältst dagegen! Holz knirscht an Holz! Der Mann schlägt mit der Peitsche nach dir, du hebst den Arm und das Ende der Peitsche wickelt sich darum. Ein kurzer Ruck und du ziehst den Schläger aus seinem Wagen! Jetzt kann dich niemand mehr aufhalten – du gewinnst das Rennen! Das Volk feiert dich, du erntest Ruhm und Geld!

Ende

Die Quelle liegt in einem einsamen Wäldchen vor den Toren der Stadt. Als Julia das Gefäß in das heilige Wasser eintaucht, trittst du an sie heran.

Sie freut sich, dich zu sehen. Ihr tauscht Erinnerungen an eure Kindheit aus. Aber nach wie vor wirkt Julia bedrückt.

„Stimmt etwas nicht?“, fragst du daher.

Julia schlägt die Augen nieder. Plötzlich bricht sie in Tränen aus.

„Es gibt eine Verschwörung“, schluchzt sie.

„Gegen wen?“, willst du natürlich wissen.

„Gegen den Kaiser“, flüstert Julia.

Du glaubst, dich verhört zu haben. „Und wer steckt dahinter?“

„Die Vestalinnen, allen voran Cornelia. Sie ist unsere oberste Priesterin, die Virgo Vestalis Maxima. Ich habe sie und einige andere Vestalinnen belauscht.“

Du überlegst. Was können einige Frauen schon gegen den mächtigsten Mann Roms ausrichten? Will sich Julia nur wichtigmachen?

Wenn du Julias Geschichte als Märchen abtust, lies weiter auf Seite 35

Wenn du die Geschichte glaubst, lies weiter auf Seite 71

Vertrag ist Vertrag, da hat Brutus wohl leider Recht. Und einen Haufen Geld verdienst du schließlich auch.
Also kämpfst du weiter. Einige Monate lang geht alles gut. Wieder siegst du, wieder jubelt dir das Volk von Rom zu. Du bist ein Held!
Doch die ständigen Siege machen dich irgendwann nachlässig und überheblich. Schließlich passiert es: Du stößt in der Arena auf einen Kämpfer, der einfach besser ist als du.
Und als du in den Staub krachst, weißt du: Das ist dein

Ende

Du rennst dem Unbekannten hinterher. Er biegt in eine düstere Gasse ab und beschleunigt. Doch du warst schon immer ein guter Läufer und bleibst an ihm dran. Dabei achtest du darauf, dass er dich nicht bemerkt.
Schließlich gelangt ihr in das Hafenviertel am Fluss Tiber. Dort wird der Mann langsamer und betritt ein schäbiges Gasthaus. Als der Kerl durch die Tür geht, fällt etwas Licht auf ihn und du siehst, dass er auf der linken Wange direkt neben der Nase eine Narbe hat.
Du zögerst. Vielleicht hat der Verdächtige im Gasthaus Komplizen. Dann könnte es für dich reichlich ungemütlich werden …

**Wenn du zum Gasthaus gehst,
lies weiter auf Seite** **66**

**Wenn du umkehrst,
lies weiter auf Seite** **72**

Am nächsten Morgen sprichst du Marius an und bittest ihn, auf das Rennen zu verzichten.
„Bist du verrückt geworden?“, fährt er dich an.
„Nein“, sagst du schnell und berichtest von den Ereignissen in der vergangenen Nacht.
„Na und?“, ruft Marius. „Von solchen Kleinigkeiten lasse ich mich nicht aufhalten. Das wäre ja gelacht!“
Dann werden seine Augen schmal. „Ich habe das Gefühl, dass du ein elender Angsthase bist! Ein Feigling, der sich schnell einschüchtern lässt!“
„Oh nein, das bin ich ganz und gar nicht“, wehrst du dich.
Aber Marius ist wütend auf dich, richtig wütend: „Doch, das bist du! Und so einen wie dich kann ich in meiner Mannschaft nicht gebrauchen. Verschwinde, ich will dich nie wieder sehen!“
Mit gesenktem Kopf verlässt du die Ställe.
Als die Rennen beginnen, stehst du hoch oben auf den Rängen. Von dort musst du mit ansehen, wie Marius von einem anderen Fahrer abgedrängt wird und in die Mauer kracht. Dabei wird Marius schwer verletzt. Hätte er doch nur auf dich gehört …

Ende

Du bleibst an Lucius dran. Er geht in Richtung seines eigenen Hauses. Unvermittelt biegt er in eine menschenleere Gasse ein. Du folgst ihm.

Plötzlich bleibt Lucius stehen und stößt einen Pfiff aus. Wie aus dem Nichts tauchen vier Männer mit Messern auf und umstellen dich.

„Glaubst du wirklich, ich habe nicht bemerkt, dass du mich in der Gaststätte beobachtet hast und mir nachgeschlichen bist?“, zischt der Bauunternehmer böse.

„Wie kommst du darauf, ich bin rein zufällig hier“, sagst du schnell.

„Das glaube ich dir nicht“, erwidert Lucius und gibt den Kerlen ein Zeichen, sich auf dich zu stürzen – und du weißt, das ist das

Ende

Inzwischen ist es November. Du gehörst zur ruhmreichen 17. Legion. Zusammen mit der 18. und der 19. Legion steht ihr unter dem Oberkommando von Varus. Insgesamt seid ihr etwa 18.000 Legionäre. Im Herbst habt ihr große Gebiete an der Weser erobert, nun seid ihr auf dem Rückmarsch in eure Winterunterkünfte am Rhein. Die Stimmung in der Truppe ist bestens, auch wenn das Wetter zum Heulen ist. Regen fällt, es ist richtig kalt. Aber in wenigen Wochen werdet ihr in einer wärmeren Gegend sein.

Leider ist dein Freund Publius nicht mehr an deiner Seite. Er wurde bei einem Kampf verletzt und ist schon wieder in Rom, um sich auszukurieren.

Seit Tagen stapft ihr nun schon durch unwegsames Gelände: Reiter, Fußsoldaten und der Tross, der aus Handwerkern, Köchen und Dienern besteht. Euer Führer durch diese unbekannte Gegend ist Arminius, ein Germane, der sich in den dichten Wäldern bestens auskennt und sich auf die Seite der Römer geschlagen hat. Varus vertraut ihm blind. Das tust du jedoch nicht. Warum sollte Arminius, der Germane, mit den Römern gemeinsame Sache machen?

Jeden Abend schlagt ihr ein Lager auf. Heute bist auch du zur Wache eingeteilt. Stumpfsinnig starrst du in den Wald. Der Mond ist eine weiße Sichel. Dich friert. Da bemerkst du einen Schatten zwischen den Baumstämmen.

Wenn du Alarm schlägst,
lies weiter auf Seite 28

Wenn du abwartest,
lies weiter auf Seite 61

Decimus beginnt zu toben. „Wie kannst du es wagen, einen hohen Offizier wie Arminius zu verdächtigen? Er ist ein enger Vertrauter von Varus!“
Du verteidigst dich, aber Decimus will nichts mehr hören. Er schleift dich zu Arminius und erzählt ihm, was vorgefallen ist.
„So, du verdächtigst mich also des Verrats?“, fragt der Germane. Seine Stimme ist kalt wie Eis.
Du schweigst.
„Das ist ein ernstes Vergehen“, meint Arminius. „Und darauf steht die Höchststrafe. Noch heute Abend, wenn das Lager aufgebaut ist, soll das Urteil vollstreckt werden. Alle sollen zusehen, damit niemand auf die Idee kommt, es dir nachzumachen!“

**Wenn du versuchst zu fliehen,
lies weiter auf Seite** **34**

**Wenn du nicht fliehst,
lies weiter auf Seite** **68**

Dein Entschluss steht.
48 „Wir dürfen nicht zögern, sonst tragen wir eine Mitschuld, wenn die Täter zuschlagen!“, verkündest du.
Julia lässt sich schließlich überzeugen.
Doch ganz gleich, an wen ihr euch wendet, man lacht euch aus. Und dann trifft es euch ganz hart. Wie von Julia befürchtet, werdet ihr verhaftet. Denn auch die Oberpriesterin Cornelia hat von euren Anschuldigungen gehört und sorgt dafür, dass ihr sie nie wiederholen könnt.

Ende

Kurz darauf erreichen die Männer eine kleine Lichtung, wo sie stehen bleiben und sich zu beraten scheinen.
Du gehst in Deckung und behältst die Männer im Auge. Plötzlich werden deine Augen groß: Im Mondlicht erkennst du, dass der Mann in der Römeruniform niemand anderes als Arminius ist! Der andere Mann trägt Kleidung aus dichter Wolle und einen weiten Umhang – vermutlich handelt es sich um einen Germanen. Was hat Arminius nachts heimlich mit einem Germanen zu besprechen? Da ist doch etwas faul! Zu dumm, dass du nichts verstehen kannst!

Wenn du es wagst,
noch näher zu schleichen,
um etwas zu verstehen,
lies weiter auf Seite 51

Wenn du bleibst, wo du bist,
lies weiter auf Seite 77

Du bollerst an die Tür.
Niemand öffnet.
Mit letzter Kraft brichst du die Tür auf. Die Hütte ist leer und du ahnst, dass es sich nur um den Unterschlupf eines Jägers handelt. Du bist enttäuscht.
Doch halt! Irgendwie muss der Jäger ja trockenen Fußes zu seiner Hütte kommen!
Du umrundest die Hütte und stößt auf einen Bohlenweg. Solche Wege sind in dieser Gegend üblich: Die Germanen fällen Bäume und sägen aus deren Holz Trittbretter, die sie im Moor verlegen. So entstehen Pfade, auf denen man gefahrlos durch die Sümpfe gelangen kann.
Mit neuem Mut gehst du weiter. Und tatsächlich: Der Bohlenweg führt dich aus dem Moor. Du hast es geschafft!
Gegen Abend gelangst du zu einem abgelegenen Hof. Licht ist zu sehen. Keine Frage, dieses Haus ist bewohnt. Aber du trägst eine Römeruniform, und dieser Hof gehört garantiert einem Germanen.

Wenn du hier anklopfst,
lies weiter auf Seite **9**

Wenn du den Hof links liegen lässt,
lies weiter auf Seite **14**

Bemüht, nur ja kein Geräusch zu verursachen, schleichst du näher und näher, bis du in Hörweite bist.
Du kannst es kaum fassen: Arminius bespricht mit dem anderen Mann die letzten Einzelheiten für einen Hinterhalt!
Es gibt überhaupt keinen Aufstand, Arminius hat eure drei Legionen ganz gezielt vom Weg abgebracht. Er will euch in unwegsames Gelände führen, wo die Germanen euch an einer ganz bestimmten Stelle auflauern werden.
Du hast genug gehört, du musst sofort zurück ins Lager! Doch als du dich umdrehst, knackt dein Knöchel.
„Wer da?“, ruft Arminius wütend.
Du rennst los, doch Arminius schleudert seinen Dolch hinter dir her – und trifft dich.

Ende

Die Decke ist so niedrig, dass du dir immer wieder den Kopf anhaust.
Allerlei Krabbeltiere leisten dir beim Aufstieg durch den Stollen Gesellschaft. Mal ist es eine große Assel, die in deine Sandale schlüpft. Dann eine fette Spinne, die du plötzlich auf deiner Schulter bemerkst. Ratten scheinen sich hier ebenfalls sehr wohl zu fühlen. Immer wieder huschen die pelzigen Nager über deinen Weg.
Plötzlich bemerkst du einen Windhauch, der durch den Gang streicht und die Flamme an deiner Fackel zittern lässt. Wenn das Licht jetzt erlischt …
Doch du gehst unbeirrt weiter, bis du eine Kreuzung erreichst. Auf gut Glück hältst du dich links.
Und dann geschieht es: Der Wind, der jetzt immer stärker durch den Stollen pfeift, bläst deine Fackel aus!
Finsternis.

**Wenn du umkehrst,
lies weiter auf Seite 78**

**Wenn du dem Stollen folgst,
lies weiter auf Seite 108**

Das wird ein Himmelfahrtskommando, ahnst du. Doch wenn du Erfolg hast, wird man dich auszeichnen!
Mit einem Dutzend anderer Legionäre schiebst du den schweren Aries auf das Tor zu. Unaufhörlich prasseln die feindlichen Pfeile auf euch herab, doch das Dach des Aries schützt euch. Jedenfalls so lange, bis die Galater Brandpfeile benutzen und euer Rammbock auf Rädern in Flammen aufgeht!
Bevor der brennende Aries euch unter sich begräbt, ergreift ihr kopflos die Flucht – und seid nun ein leichtes Ziel für die feindlichen Bogenschützen …

Ende

54

Du durchstöberst die Ställe gründlich – aber es ist alles umsonst. Na gut, denkst du dir, dann suchst du eben doch nach dem Mann, der den Fußabdruck hinterlassen hat. Das wird nicht einfach – aber eine andere Spur hast du nun mal nicht. Doch als du an die Stelle zurückkehrst, wo du den Fußabdruck bemerkt hast, erlebst du eine böse Überraschung. Ein anderer eifriger Knecht hat die Pferdeäpfel beseitigt – und damit deinen einzigen Erfolg versprechenden Hinweis! So ein Pech! Und so bleibt das Rätsel um das vergiftete Futter leider für immer ungelöst.

Ende

Diese Aktion wirst du mit ziemlicher Sicherheit nicht überleben. Nein, du führst vielleicht ein bescheidenes Leben, aber das ist dir viel zu wertvoll, als dass du es für Kaiser Augustus opfern würdest.
„Tut mir leid", sagst du daher zu Julia. „Aber ich kann dir nicht helfen."
Traurig schaut die Vestalin zu Boden. Dann lässt sie dich einfach an der Quelle stehen.
Tage später hörst du auf dem Markt, dass es einen Anschlag auf den Kaiser gegeben hat. Augustus wurde dabei verletzt. Man konnte die Verschwörer schnappen. Mehrere Senatoren wurden verhaftet – und alle Vestalinnen.
Auch Julia.
Dass du sie im Stich gelassen hast, wird dich dein Leben lang verfolgen.

Ende

Dein Schild segelt durch die Luft – genau auf deinen Gegner zu! Aber der Thraker weicht dem Geschoss geschickt aus und stürzt sich auf dich.
Das war es dann!, denkst du verzweifelt, als der Mann auf dir kniet. Du siehst seine Waffe und das Funkeln in seinen Augen.
Die Zuschauer brüllen. Sie sind begeistert von diesem Kampf. Doch dann wendet sich der Sieger zum Kaiser und du weißt, dass du jetzt noch eine letzte Chance hast. Denn der Thraker kann dich verschonen, wenn der Kaiser und das Publikum es so wollen.
Augustus steht auf und schaut fragend ins Rund. Er breitet die Arme aus, als bitte er um eine Eingebung.
Wieder fängt das Volk an zu toben. Du hörst vereinzelte Stimmen heraus, die fordern, dich zu verschonen, weil du gut gekämpft hast.
Und diese Stimmen sind eindeutig in der Mehrzahl!
Schließlich streckt Kaiser Augustus seinen rechten Arm aus und deutet mit dem Daumen nach oben!
Der Thraker lässt dich los. Du rappelst dich auf und ihr verneigt euch vor dem Kaiser. Dann dürft ihr die Arena verlassen.

Lies weiter auf Seite 82

Du stapfst mit den anderen Legionären tiefer und tiefer in die germanischen Wälder hinein. Ein Tag vergeht, ohne dass ihr auf irgendwelche Angreifer trefft.
„Warum dreht Varus nicht um?", fragst du deinen Zenturio verzweifelt. „Hier sind doch keine Aufständischen. Arminius muss sich getäuscht haben!"
„Was erlaubst du dir?", blafft Decimus dich an. „Wage nicht, die Entscheidungen von Varus und Arminius zu kritisieren!"
Am nächsten Tag marschiert ihr weiter. Der Weg wird immer schmaler. Es wird deutlich kälter und regnet nun noch stärker, sodass ihr häufig ausrutscht. Ein Teil eurer Rüstung besteht aus dickem Leder, das allmählich durchweicht und höllisch schwer wird. Der Marsch wird zur Qual. Doch Varus bleibt stur und folgt seinem Freund Arminius.
Schließlich gelangt ihr in völlig unwegsames Gelände. Der glitschige Pfad ist so schmal, dass ihr nur noch zu zweit nebeneinander gehen könnt. Rechts von euch ist ein Moor, links befindet sich eine Art Wall. Dahinter erhebt sich ein steiler Hang.
Du siehst genauer hin. Dieser Wall sieht so aus, als wäre er von Menschenhand geschaffen worden. Etwa von den Germanen? Ist das hier eine Falle?
In dieser Sekunde brechen hinter dem Wall Krieger hervor und greifen euch mit Speeren an! Die Germanen!

Wenn du dich den Germanen entgegenwirfst,
lies weiter auf Seite **36**

Wenn du ins Moor fliehst,
lies weiter auf Seite **75**

„Wir müssen sie auf frischer Tat ertappen“, murmelt Julia.
„Du willst den Kaiser in die Falle tappen lassen?“, fragst du ungläubig.
„So ähnlich“, erwidert Julia. „Im letzten Moment müssen die Verschwörer natürlich gestoppt werden – von einem Menschen, der sich im Tempel versteckt und eingreift, bevor es zu spät ist.“
Langsam dämmert es dir. „Du meinst aber jetzt nicht mich, oder?“
Julia lächelt dich an. „Doch, ganz genau. Und ich, ich bin ja auch noch da …“
Du schluckst. Du bist nur ein kleiner Tagelöhner und sollst dich mit mächtigen Priesterinnen und Senatoren anlegen? Du sollst das Leben des Kaisers verteidigen – eines Mannes, der dich noch nicht mal eines Blickes würdigen würde?

**Wenn dir Julias Plan zu riskant ist,
lies weiter auf Seite** **55**

**Wenn du die Aufgabe übernimmst,
lies weiter auf Seite** **111**

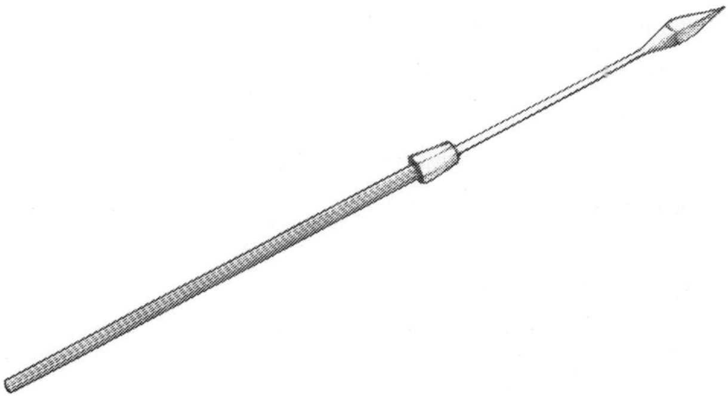

Eine Frau? Das hättest du nie gedacht!
„Mitkommen!", sagt sie leise.
Du gehorchst.
Man schubst dich in einen hell erleuchteten Vorratsraum, in dessen Boden ein Loch klafft.
Jetzt siehst du, dass du es mit einer ganzen Bande zu tun hast. Es sind fünf Männer und eine Frau. Sie fesseln und knebeln dich. Dann lassen sie dich allein und verschwinden geräuschlos im Haus.
Du versuchst, die Fesseln zu lösen. Die Stricke schneiden in deine Haut und deine Gelenke, aber du gibst nicht auf. Schließlich bekommst du eine Hand frei.
Doch genau in diesem Augenblick kommen die Einbrecher von ihrem Beutezug im Haus deines Herrn Appius wieder, schwer beladen mit goldenen Kerzenständern und Schmuck!
Die Frau lacht dich an. Dann greift sie in einen Lederbeutel und drückt ihre Hand gegen die Wand.
Zurück bleibt ein roter Abdruck!
Jetzt weißt du, mit wem du es zu tun hast! Mit der Roten Hand!
Nun verschwinden die Täter einer nach dem anderen im Loch.
In Windeseile löst du deine Fesseln.

**Wenn du die Bande verfolgst,
lies weiter auf Seite** **86**

**Wenn du lieber Appius alarmierst,
lies weiter auf Seite** **105**

Der Schatten verschwindet hinter einem Baumstamm. Einige Minuten lang rührt sich nichts.
Du siehst wahrscheinlich schon Gespenster, denkst du dir.
Doch dann geschieht etwas gänzlich Unerwartetes. Vom Lager huscht eine Gestalt in Richtung Wald, genau auf den Baum zu! Das muss einer der Legionäre sein! Aber wer? Es ist so dunkel, dass du kaum etwas erkennen kannst.
Ohne groß nachzudenken, folgst du der Gestalt, wobei du dich im Schatten einiger Büsche hältst.
Nach wenigen Metern kommen dir Zweifel. Du hättest deinen Posten niemals verlassen dürfen, das könnte mächtig Ärger geben! Aber die Neugier ist einfach stärker.
Der Unbekannte hat jetzt den Baum erreicht, hinter dem die Gestalt wartet.
Du pirschst näher.
Gemurmel ist zu hören. Dann gehen die Männer tiefer in den Wald hinein.

**Wenn du ihnen folgst,
lies weiter auf Seite** 49

**Wenn du umkehrst,
lies weiter auf Seite** 99

62

Du drehst dich um und hetzt den langen Gang zwischen den Pferdeboxen hinunter.
Nur raus hier!
Aber du kommst nicht weit. Denn die Gestalt holt weit aus und wirft das Messer nach dir. Es ist ein sehr gut gezielter Wurf, du hast keine Chance …

Ende

„Vertrag hin oder her, ich werde nie wieder für dich in die Arena gehen“, sagst du hart.
Da wird Brutus wütend. „Ich lebe von Gladiatoren wie dir!“
Jetzt wirst auch du sauer. „Ja, und wir sollen für dich sterben, damit bei dir die Kasse klingelt und du gut leben kannst!“
„Du kennst die Regeln. Du hast dich ihnen freiwillig unterworfen – und daher wirst du weiter kämpfen!“, giftet Brutus.
Die Situation scheint verfahren, doch da hast du eine Idee: „Wenn es dir nur um Geld geht, dann kaufe ich mich frei.“
Brutus überlegt einen Moment. „Ein müder Gladiator wie du wird in der Arena niemanden mehr von den Sitzen reißen“, sagt er dann böse. „Also lasse ich dich gehen. Aber nur, wenn du mir alles gibst, was du besitzt.“
In den letzten Jahren hast du einiges beiseitegelegt und es in zwei Geheimfächern in deinem Haus versteckt. Und das sollst du jetzt alles diesem Gierhals geben? Doch halt! Brutus kann gar nicht wissen, wie viel du genau besitzt.
„In Ordnung, komm in mein Haus, ich werde es dir geben“, sagst du und tust so, als wärest du sehr betrübt.
Du führst Brutus zu einem der beiden Verstecke, in dem du den kleineren Betrag verborgen hast, und gibst ihm den Beutel.
„Fein“, erwidert Brutus und will gehen.
„Warte“, sagst du. „Erst zerreißt du den Vertrag.“
Widerwillig gehorcht Brutus. Dann geht er. Du bist ihn endlich los und hast deine Freiheit gewonnen – und dein Leben!

Ende

Systematisch suchst du den Stall ab und stößt schließlich tatsächlich auf eine erste Spur – und zwar im Mist! Ein Sandalenabdruck in einem Pferdeapfel! Du beugst dich darüber. Der Abdruck ist auffallend groß.
Nun denkst du scharf nach. Du selbst hast viel kleinere Füße. Wer war sonst noch im Stall? Marius natürlich. Aber der Rennfahrer ist nicht viel größer als du, er wird niemals so riesige Füße haben.
Der Täter!, durchfährt es dich. Derjenige, der vergangene Nacht den Tieren etwas ins Futter gemischt hat, könnte diesen Abdruck hinterlassen haben! Hm, das ist allerdings etwas vage. Außerdem gibt es sehr viele Knechte und Rennfahrer, die täglich in den Ställen herumlaufen. Der Abdruck muss also nicht unbedingt vom Täter stammen.

**Wenn du nach einer anderen Spur suchst,
lies weiter auf Seite** **54**

**Wenn du dich auf die Suche
nach einem Mann mit großen Füßen machst,
lies weiter auf Seite** **90**

Hinter der Tür liegt ein finsteres Kellergewölbe. Du gleitest hinein und gehst langsam weiter. Doch plötzlich verlierst du den Halt, eine Luke hat sich unter deinen Füßen geöffnet. Schreiend stürzt du in die Tiefe!
Die Galater haben eine Falltür eingebaut – für ungebetene Gäste wie dich.

Ende

66

Du pirschst zum Gasthaus. In einer so warmen Nacht stehen natürlich alle Fenster offen. Sehr gut! Du wagst einen Blick in den schummrigen Schankraum.

Dort sitzen alle möglichen zwielichtigen Gestalten – und da ist auch der Kerl mit der Narbe! Er sitzt mit einem anderen Mann an einem Tisch. Deine Augen werden groß. Der andere Mann ist niemand anderes als Lucius, der Bauunternehmer, bei dem du arbeitest! Was hat ein so reicher Mann in einem solchen Laden verloren? Jetzt zieht Lucius einen Lederbeutel hervor und gibt ihn dem Mann mit der Narbe.

Du bist dir sicher, dass in dem Beutel Geld ist. Aber wofür bezahlt Lucius den Kerl? Etwa dafür, dass er Häuser anzündet? Jetzt steht Lucius auf und schickt sich an, das Gasthaus zu verlassen. Wo will er hin?

Wenn du Lucius beschattest,
lies weiter auf Seite 44

Wenn du ihn zur Rede stellst,
lies weiter auf Seite 94

Man legt dich in Ketten und setzt dich auf einen Wagen mit Proviantsäcken.

Traurig wartest du auf den Abend – und auf dein Ende.

Doch am Nachmittag werden eure Truppen in einem natürlichen Engpass von Germanen angegriffen.

Du hast es doch geahnt: Arminius hat euch in einen Hinterhalt gelockt! Aber niemand hat auf dich hören wollen. Und jetzt werden die Legionen förmlich überrannt.

Und du? Du kannst nicht eingreifen, dich noch nicht einmal wehren. Das Einzige, was du tun kannst, ist, dich zu verstecken. Irgendwie gelingt es dir trotz der Fesseln, dich hinter den Stapeln mit Säcken zu verbergen.

Stundenlang tobt die Schlacht, dann hörst du nur noch die Stimmen der Germanen und dir wird klar: Varus' Legionen sind vernichtet worden.

Du wagst es, hinter den Säcken hervorzuschauen. Die Germanen feiern – und mitten drin ist Arminius, der Verräter!

Auf der Suche nach Beute nehmen die Germanen alle Wagen unter die Lupe, und so wirst du entdeckt und zu Arminius gebracht.

Als er dich erkennt, lacht er: „Du bist genau der Richtige für einen Spezialauftrag."

Du schluckst. Was kommt denn jetzt?

„Ich schenke dir das Leben", ruft Arminius. „Aber nur, weil ich jemanden brauche, der Kaiser Augustus die Nachricht überbringt, dass drei seiner Legionen besiegt wurden!"

Ende

Du schließt die Augen.
Na gut, denkst du dir, bevor du hier gegrillt wirst, musst du es wagen!
Dann machst du einen Schritt nach vorn. Für einen winzigen Moment hast du das Gefühl, in der Luft zu schweben, dann geht es hinunter!
Doch der Aufprall ist überraschend weich! Du bist auf einem großen Stoffballen gelandet, den zwei Männer geistesgegenwärtig unter dein Fenster gerollt haben!
Du kannst dein Glück kaum fassen!
Dann hilfst du mit, das Feuer zu bekämpfen. Später, als der Brand gelöscht ist, lernst du deine beiden Retter näher kennen. Sie werden deine besten Freunde.

Ende

70

So schnell du kannst, huschst du durch den langen, dunklen Gang zurück.

Völlig außer Atem erreichst du das römische Heer und informierst den Feldherrn Marcus. Dieser lobt dich sehr für deinen Mut und deine Entschlossenheit. Dann stellt er einen Spezialtrupp von besonders erfahrenen Legionären zusammen. Angeführt wird er vom Feldherrn selbst und – von dir. Das macht dich sehr stolz.

Im Schutz der Dunkelheit weist du dem Feldherrn und den anderen Legionären den Weg zum Geheimgang.

Ohne von den Galatern bemerkt zu werden, dringt ihr in den Gang ein.

Schon seid ihr in der Stadt! Ihr stürmt den Palast, überwältigt die Leibwache und nehmt den König der Galater gefangen. Er befiehlt seinen Männern, die Waffen niederzulegen.

Der Kampf um Gordion ist entschieden und du wirst als Held gefeiert!

Ende

„Was haben Cornelia und die anderen vor?“, fragst du.
„Sie planen, den Kaiser bei einem Besuch im Tempel der Vesta zu töten“, haucht Julia. „Hinter dem Plan stecken auch einflussreiche Senatoren, die Augustus ausschalten wollen. Sie haben die Vestalinnen bestochen.“
„Wir müssen Alarm schlagen!“, rufst du entschlossen.
Doch Julia bremst dich. „Nein, wir haben keine Beweise. Wenn wir die Vestalinnen oder die Senatoren anklagen, werden sie alles abstreiten! Und vergiss nicht: Diese Leute sind sehr mächtig. Sie werden dafür sorgen, dass wir wegen dieser unbewiesenen Anschuldigungen im Kerker landen!“
Da könnte Julia Recht haben, denkst du.

**Wenn du dennoch Alarm schlägst,
lies weiter auf Seite** 48

**Wenn du dir mit Julia lieber
etwas anderes einfallen lässt,
lies weiter auf Seite** 59

72

Du wendest dich ab. Auf eine Prügelei oder Schlimmeres hast du wirklich keine Lust, zumal du allein bist. Also machst du dich auf den Heimweg.

Doch du kommst nicht weit. In einer besonders finsteren Gasse lauern dir ein paar Räuber auf.

Du ergreifst die Flucht. Im Rennen drehst du dich um. Du siehst, dass ein Messer auf dich zufliegt, und du weißt: Das ist das

Ende

Appius ist sofort hellwach. Er trommelt noch ein paar Männer zusammen. Dann will er in den Keller stürmen.
„Wir sollten uns lieber anschleichen und die Bande auf frischer Tat überraschen“, schlägst du stattdessen vor.
„Quatsch, ich habe es nicht nötig, in meinem Haus herumzuschleichen“, ruft Appius. „Außerdem will ich verhindern, dass die Einbrecher zu viel kaputt machen!“
Also bewaffnet ihr euch und rumpelt in den Keller hinunter. Dort entdeckst du ein Loch im Boden.
„Die Täter sind durch die Kanalisation gekommen“, erkennst du. „Und durch die Kanäle sind sie vermutlich auch geflohen.“
Weil der Lärm sie gewarnt hat, fügst du in Gedanken hinzu. Aber du hütest dich, das laut auszusprechen. Schließlich willst du Appius nicht verärgern.
Immerhin unternimmt die Bande keinen zweiten Anlauf, um in Appius' Haus einzubrechen.

Ende

Du bist nur ein Handlanger. Jemand, der hofft, dass er am Abend ein paar Münzen verdient hat, um sich etwas zu essen zu kaufen. Ein Niemand.
„Kannst du nicht hören?"
Das vor Wut gerötete Gesicht des Vorarbeiters taucht neben dir auf. Der Kerl hat immer schlechte Laune. Jetzt fuchtelt er mit der Peitsche vor deiner Nase herum.
„Schon gut", erwiderst du und arbeitest noch schneller. Stein für Stein, Stein für Stein. Deine Arme und dein Rücken schmerzen. Aber es ist noch lange nicht Feierabend.
„Dieser Mistkerl ist ein elender Sklaventreiber", zischt dir dein Freund Publius zu, mit dem du zusammenarbeitest. „Ich tue mir das nicht mehr lange an."
Du lachst bitter auf. „Und was willst du machen?"
Publius vergewissert sich, dass euch niemand zuhört. „Ich habe mir überlegt, ob ich mich freiwillig zu den Legionen melde", sagt er dann leise.
„Du willst Soldat werden? Ganz schön riskant. Es kann passieren, dass du schon deinen ersten Kampf nicht überlebst!"
Publius wischt sich den Schweiß von der Stirn. „Mag sein, beim Mars. Aber ich kann viel Geld verdienen. Schließlich bezahlt Augustus seine Legionäre gut. Und wer weiß: Vielleicht kann ich bei einer Schlacht in irgendeinem fernen Land meinen Mut beweisen. Und dann …"

Wenn du nicht Legionär wirst, sondern lieber in Rom bleibst, lies weiter auf Seite 20

Wenn du auch Legionär werden willst, lies weiter auf Seite 115

Hier gibt es keinen Weg, keinen noch so kleinen Pfad – nichts! Bei jedem Schritt sinkst du mit den Schuhen ein, die kalte Brühe schwappt dir bereits über die Knöchel. Aber du stakst weiter, denn hinter dir lauert der sichere Tod!

Schritt für Schritt kämpfst du dich weiter vor.

Dann bist du ganz allein im Moor. Ein kurzes Glücksgefühl überkommt dich. Du bist entkommen! Aber hast du es hier wirklich viel besser angetroffen, hier in diesem Sumpf?

Umgestürzte Bäume liegen im Moder und recken dir ihre toten Äste entgegen. Im nassen schwarzen Boden blubbert und gärt es. Bei jedem Schritt sinkst du tiefer ein. Ein Heulen dringt an deine Ohren.

Wölfe? Rottet sich das Rudel gerade zusammen, um dich zu jagen?

Die Furcht greift mit eiskalter Hand nach dir. Du zitterst am ganzen Körper.

Da siehst du zwischen den toten Bäumen eine Hütte. Gehört sie einem feindlichen Germanen?

**Wenn du an der Hütte vorbeigehst,
lies weiter auf Seite** **11**

**Wenn du an die Tür der Hütte klopfst,
lies weiter auf** **50**

Doch am Eingang zum Geheimgang erlebst du eine böse Überraschung. Zwei feindliche Soldaten lauern dir auf. Sie brüllen dir etwas in einer Sprache zu, die du nicht verstehst. Dann richten sie ihre Speere auf dich.
Du sollst dich ergeben und ihnen folgen, heißt das wohl.
Aber nicht mit dir! Du ziehst dein Schwert und greifst die Männer an. Sie weichen vor dir zurück und du glaubst schon, dass du an diesen Feiglingen vorbeikommst.
Irrtum.
Denn einer der beiden wirft seinen Speer nach dir. Und er ist ein verdammt guter Werfer …

Ende

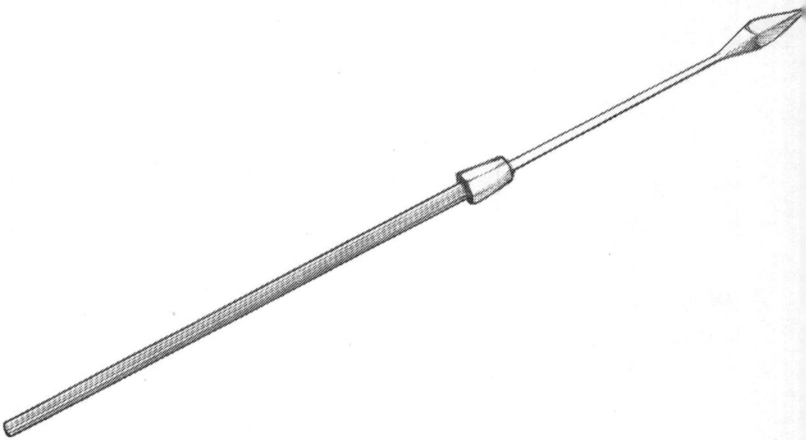

Du sperrst die Lauscher auf, aber du bekommst leider nichts mit. Also kehrst du unverrichteter Dinge ins Lager zurück.
Lange denkst du über Arminius nach. Aber weil du keine hieb- und stichfesten Beweise gegen ihn hast, traust du dich nicht, ihn öffentlich des Verrats zu bezichtigen.
Tags darauf marschieren die 17., die 18. und die 19. Legion unter Varus weiter – ein Fehler, der Abertausenden das Leben kosten wird.
Denn an einem Engpass zwischen dem Moor und einem Hügel haben sich die Germanen verschanzt und greifen euch an. Blitzschnell wechselt Arminius die Seiten und befehligt nun die Angreifer.
Ihr habt keine Chance. Varus' Legionen gehen unter …

Ende

Deine Versuche, die Fackel neu zu entzünden, schlagen fehl. Du musst umkehren!

Du tastest dich den Gang hinunter. Irgendwann wirst du schon den Ausgang finden, glaubst du.

Dann erreichst du die Kreuzung – und hier begehst du einen entscheidenden Fehler: Du biegst falsch ab.

Nach wenigen Metern klafft vor dir ein tiefer Spalt im Boden, den du leider nicht sehen kannst.

Du stürzt hinein – und das bedeutet dein

Ende

Der Gestank wird immer schlimmer, aber du hältst durch. Und so dringst du tiefer und tiefer in die unterirdische Welt ein. Doch eine Spur der Einbrecherbande findest du nicht. Offenbar hast du vorhin die falsche Abzweigung gewählt.
Irgendwann bist du so erschöpft, dass du dich auf den Rückweg machst.
Dabei musst du feststellen, dass du dich hoffnungslos verlaufen hast. Und dann rutschst du auch noch auf einem der glitschigen Stege aus! Mit einem Schrei stürzt du in die eklige Brühe – und du weißt: Das ist dein

Ende

80

Im Schutz der Belagerungsmaschinen stürmt ihr auf die Brücke. Du hältst deinen Schild schräg über deinen Kopf, um dich vor den feindlichen Geschossen zu schützen.
Doch dann bleibt der erste Aries im Pfeilhagel stehen. Auch die Türme kommen jetzt nicht mehr weiter, sie stauen sich hinter dem Rammbock!
Du drängst an den Maschinen vorbei. Mehrere Legionäre schließen sich dir an. Irgendwie gelangt ihr ganz dicht an die Mauer heran. An das Bollwerk gedrückt schleicht ihr weiter, ohne dass euch die Verteidiger bemerken. Sie sind ganz damit beschäftigt, die Römer auf der Brücke zu attackieren.
Nachdem du etwa 50 Meter zurückgelegt hast, schaust du nach oben. Keine Verteidiger zu sehen! Sehr gut!
Du wirfst das Seil mit den Eisenhaken zur Mauerkrone. Das Ding prallt ab. Mist! Noch ein Versuch – und diesmal klappt es: Die Widerhaken haben sich verkeilt! Geschickt kletterst du am Seil hinauf, während es dir die anderen aus deinem Trupp gleichtun. Eine Minute später bist du als Erster oben – und du weißt: Wenn du das hier überlebst, ist dir die Corona Muralis sicher!
Die anderen Legionäre schließen zu dir auf. Gemeinsam stürmt ihr auf die Verteidiger oberhalb des Tores zu. Sie sind völlig überrascht. Ihr könnt sie leicht überwältigen. Und bevor die Besiegten Verstärkung erhalten, habt ihr das Tor geöffnet! Die Legionen erobern Gordion – und das ist vor allem dein Verdienst! Du erhältst die Corona Muralis und bist mächtig stolz!

Ende

Du streifst weiter durch die riesige Stadt. Schließlich erreichst du das Forum. Als du am Tempel der Vesta vorbeigehst, bemerkst du eine junge Frau, die gerade das Heiligtum mit einem Krug in den Händen verlässt.
Das ist doch Julia!, durchfährt es dich.
Julia ist in derselben Gasse aufgewachsen wie du. Ihre Eltern haben sie der Priesterschaft der geheimnisvollen Vestalinnen übergeben, als sie gerade einmal zehn Jahre alt war. Die Priesterinnen müssen 30 Jahre lang im Tempel dienen und gelten als sehr mächtig. Manche Römer glauben sogar, dass sie zaubern können.
Julias Gesicht ist von Sorge zerfurcht. Irgendetwas stimmt nicht mit ihr.

Aber was fehlt ihr?, grübelst du. Julia hat es doch im Gegensatz zu dir gut getroffen.
Julia geht mit dem Krug an dir vorbei, ohne dich zu bemerken. Du ahnst, dass sie auf dem Weg zur Quelle des Egeria ist. Mit dem heiligen Wasser dieses Flusses müssen die Vestalinnen täglich den Tempel reinigen.

**Wenn du Julia folgst,
lies weiter auf Seite** **40**

**Wenn du Julia lieber nicht folgst,
lies weiter auf Seite** **103**

„Du hast noch mal Glück gehabt“, sagt Brutus zu dir, als die Kämpfe zu Ende sind.
„Nein“, erwidert der Thraker, der gerade neben dir steht. „Er hat tapfer gekämpft, deshalb wollten das Volk und der Kaiser, dass ich ihn am Leben lasse.“
Ein Jahr vergeht. Immer wieder musst du in die Arena, doch niemandem gelingt es, dich zu besiegen. Die Menschen lieben dich, sie vergöttern dich geradezu. Du verdienst sehr viel Geld. Doch du weißt, dass auch du irgendwann deinen Meister finden wirst. Also sagst du eines Tages zu Brutus: „Ich will nicht mehr kämpfen, lass mich gehen.“
Doch Brutus lacht nur. „Nein, denn du bist einer meiner besten Männer. Wegen Leuten wie dir strömen die Massen ins Kolosseum. Du wirst weiter siegen und noch mehr Geld verdienen! Außerdem hast du einen Vertrag unterschrieben, schon vergessen?“

**Wenn du den Vertrag einhältst,
lies weiter auf Seite 41**

**Wenn du aufbegehrst,
lies weiter auf Seite 63**

„Nein, ich bin viel zu unerfahren", sagst du leise. „Ich würde nur Schande über deinen Rennstall bringen, Marius."
Der Fahrer schüttelt kaum merklich den Kopf. „Nein, das würdest du nicht. Ich glaube an dich, mein junger Freund. Du hast viel Talent. Aber ich verstehe deine Entscheidung – und ich respektiere sie. Und jetzt hilf mir auf und bring mich raus aus diesem verfluchten Circus Maximus."

Ende

Ein guter Wurf! Der Thraker schreit auf, als der Sand in seine Augen dringt. Für einen Moment kann er nichts mehr sehen. Du nutzt die Chance und springst auf ihn zu. Dein Gegner schlägt blind mit dem Schwert um sich und erwischt dich am Unterarm. Ein stechender Schmerz durchzuckt dich, aber du weißt, dass du nur diese eine Chance hast und weiterkämpfen musst. Du tauchst unter dem nächsten Hieb hindurch und versetzt dem Thraker einen einwandfreien Kinnhaken.

Der Mann hebt förmlich ab und kracht zu Boden. Er streckt Arme und Beine von sich. Er scheint bewusstlos zu sein. Du springst auf ihn, um die Sache zu Ende zu bringen, doch in dieser Sekunde rappelt sich der Thraker ein letztes Mal auf und verpasst dir einen Schlag, der dich ins Reich der Träume schickt. Dann sackt er endgültig zusammen, ihr seid beide bewusstlos.

Das Publikum murrt. Solche Kämpfe ohne Sieger mag es nicht. Schnell werdet ihr von Sklaven aus der Arena geschleift. Andere Kämpfer nehmen eure Plätze ein, die Schau geht weiter.

Als du wieder bei Sinnen bist, schreit dich Brutus an: „Du bist ein mieser Kämpfer, du versaust mir das Geschäft. Der Kaiser zahlt mir viel Geld, damit ich gute Kämpfer in die Arena schicke – und jetzt das! Hau ab und lass dich nie wieder blicken!"

Zufrieden verlässt du das Kolosseum. Du hast zwar deine Arbeit verloren, aber etwas viel Wertvolleres gewonnen: das Leben.

Ende

Eine Vestalin trägt im Herbst und Winter über der Tunika eine weiße Stola, ein langes Überkleid. Das obere Ende kann man sich wie ein Tuch über den Kopf hängen – so schützt die Stola auch vor Regen. Julia leiht dir eine solche Stola.

Am entscheidenden Tag hast du Glück: Es nieselt und so fällt es nicht weiter auf, dass du deinen Kopf unter einer Art Kapuze verbirgst. Du hältst den Kopf geneigt, sodass niemand dein Gesicht sieht.

Am Eingang zum Rundtempel der Vesta erwartet dich schon eine äußerst nervöse Julia. Sie gibt dir ein heimliches Zeichen, den Tempel zu betreten. Dann willst du dich gemäß Plan in der Cella verstecken, um das Attentat auf Augustus zu vereiteln. Unter deinem langen Gewand hast du einen Dolch versteckt.

Doch als du die Cella betreten willst, wirst du von hinten gepackt. Dir gefriert das Blut in den Adern.

„Wer bist du und was hast du hier verloren?", herrscht dich die Oberpriesterin Cornelia an. „In meinem Tempel entgeht mir nichts – ich habe gesehen, wie du dich hereingeschlichen hast!"

Du stößt sie zur Seite und fliehst. Doch Cornelia hetzt dir einen Trupp Soldaten hinterher. Man schnappt dich und du weißt: Das ist das

Ende

Du besorgst dir eine Fackel und beugst dich über das Loch. Es stinkt furchtbar und du ahnst, dass unter dir die Cloaca Maxima liegt, das weitverzweigte Kanalsystem der Stadt. Alle Abwässer werden in die Cloaca Maxima geleitet und wie die meisten Häuser der Stadt ist auch die Villa von Appius an die Cloaca angeschlossen.
Verstecken sich die Einbrecher etwa dort unten?, rätselst du. Oder benutzen sie die Kanäle nur, um in die Häuser einzudringen? Der Sache willst du auf den Grund gehen. Vom Rand des Loches führt eine Leiter in die Tiefen der Cloaca. Du beschließt, nur noch durch den Mund zu atmen, und steigst hinab.
Unten angekommen erkennst du, dass du dich in einem hohen Tunnel befindest. In der Mitte fließen die Abwässer in einer breiten Steinrinne. Rechts und links dieser Rinne sind Stege, auf denen sonst wohl die Kanalarbeiter entlanglaufen. Wohin?
Da hallt ein helles Lachen durch den Kanal. Es kam von vorn und du läufst in diese Richtung.
Von der Decke tropft Wasser. Im Kanal schwimmen Ratten. Die Viecher scheinen sich in der Brühe wohlzufühlen. Würmer kriechen eilig in Ritzen, wenn du dich näherst.
Dann gelangst du zu einer Kreuzung. Rechts oder links?

Wenn du nach links gehst,
lies weiter auf Seite **27**

Wenn du nach rechts gehst,
lies weiter auf Seite **79**

88

Nachts ist es in den Gassen Roms ziemlich gefährlich. Da treiben sich Diebe und Mörder herum. Also gehst du zurück in dein Zimmer und legst dich schlafen.
Ein Fehler. Denn drei Tage später kommt der Feuerteufel wieder und setzt dein Haus in Brand. Zwar kannst du deine Haut retten, aber das wenige, was du besitzt, fällt den Flammen zum Opfer!

Ende

Vorsichtig stehst du auf und schaust zum nächsten Stalltor. Es steht einen Spalt offen.
Du könntest schwören, dass du alle Tore gestern Abend selbst geschlossen hast. Hat sich da etwa jemand in euren Stall geschlichen? Aber du kannst niemanden sehen. Du tauchst in den Schatten einer leeren Pferdebox und spitzt die Ohren.
Da! Schritte kommen näher!
Dein Herz rast. Wer ist das? Du spähst um die Ecke. Eine Gestalt kommt auf die Box zu!

Wenn du dich der Gestalt entgegenstellst, lies weiter auf Seite **38**

Wenn du in der Box bleibst, lies weiter auf Seite **110**

90

Noch nie hast du anderen Menschen so oft auf die Füße geschaut. Und schließlich findest du in den Ställen einen Mann, der wirklich enorme Quadratlatschen hat. Auch er gehört zu den Knechten, jedoch zur roten Mannschaft. Dein Herz schlägt schneller. Hat die rote Mannschaft etwa versucht, die blaue zu schwächen?

Du verwickelst den Verdächtigen in ein Gespräch und stellst dabei leider fest, dass er ein Alibi hat. Die Spur muss von einem anderen Mann stammen. Du machst dich wieder auf die Suche, aber deine Nachforschungen verlaufen im Sande.

Ende

Der Aries wird das Tor erst gar nicht erreichen, vermutest du. Die Galater werden die Kriegsmaschine garantiert vorher zerstören.

Du willst lieber als Erster die feindlichen Mauern überwinden – und das aus gutem Grund: Wem das gelingt, der erhält die Corona Muralis aus Gold! Es gibt noch andere Auszeichnungen in der Legion: Wer einem anderen Legionär in der Schlacht das Leben rettet, der bekommt die Corona Civica, und wer als Erster in ein feindliches Lager eindringt, darf sich über die Corona Vallaris freuen!

Du schaust zur Mauer der Stadt. Mit euren Schlachttürmen sollte sie zu überwinden sein. Aber erst einmal müssen auch die Türme nahe genug an die Mauer herangeschoben werden! Und es gibt nur diesen einen Weg über die Brücke. Hm …

Andererseits hast du noch ein langes Seil mit einem dreizackigen Eisenhaken. Damit kann man sich an einer Mauer hinaufziehen.

Wenn du bei deinen Truppen bleibst, lies weiter auf Seite 15

Wenn du es wagst, dich an der Stadtmauer hinaufzuziehen, lies weiter auf Seite 80

Du beschließt, Quintus zu beschatten. Einen Tag vor dem nächsten Rennen verlässt der Wagenlenker sein prächtiges Haus und geht mit einem Sklaven zu einem unscheinbaren Laden am Circus Maximus. Du weißt, dass dort Wetten angenommen werden. Quintus schickt den Sklaven mit einem Geldbeutel in den Laden. Er selbst bleibt draußen. Offenbar will er dort nicht gesehen werden.

Nachdem Quintus und sein Sklave verschwunden sind, betrittst auch du den Laden.

„Auf wen willst du wetten?", fragt dich ein Mann.

„Keine Ahnung", lügst du.

„Die Blauen sind die Favoriten", sagt der Mann. „Aber wenn du auf einen Außenseiter setzt und der gewinnen sollte, kannst du mehr Geld einstreichen. Das hat der Kerl vor dir auch getan."

Dir wird heiß. Der Sklave hat Quintus' Geld auf eine andere Mannschaft gesetzt!

„Hm, ich überlege es mir noch mal", murmelst du und stürzt aus dem Laden. Du bist völlig verwirrt. Hat Quintus etwa auch beim letzten Rennen auf eine andere Mannschaft gewettet und dann dafür gesorgt, dass der Favorit – sein eigenes Team – verlor, indem er die Pferde schwächte? Hat er auf einen Außenseiter gesetzt und dann viel Geld kassiert, weil der das Rennen gewann?

Wenn du Marius informierst, lies weiter auf Seite 30

Wenn du Quintus zur Rede stellst, lies weiter auf Seite 112

Du kannst dein Glück kaum fassen, jetzt gehörst du zur Mannschaft von Marius, zu den Blauen! Vier große Teams gibt es in Rom – neben der blauen Mannschaft von Marius sind das die rote, die weiße und die grüne Mannschaft. Jedes Team hat mehrere Wagenlenker und Tausende von Fans in Rom. Bei den Rennen geht es entsprechend hoch her. Die Teams werden angefeuert und es werden Wetten abgeschlossen, wer gewinnt.

In zwei Wochen findet das nächste Rennen statt. Täglich trainiert Marius auf seinem Landgut vor den Toren Roms mit den vier Pferden, die seinen schnittigen, einachsigen Rennwagen – die Quadriga – ziehen sollen. Seine Helfer kümmern sich um die Pferde und halten die Ausrüstung in Schuss: das Zaumzeug und vor allem den Wagen, der ein kleines Vermögen wert ist.

Du arbeitest im Stall und bist den Pferden ganz nah. Du machst deine Arbeit sehr gut. Marius ist zufrieden mit dir und erlaubt dir sogar, einige Male mit seinem Wagen zu fahren! Dabei stellst du dich ebenfalls sehr geschickt an. Du hast viel Talent!

Einen Tag vor dem Rennen zieht ihr in die Ställe und Unterkünfte im Circus Maximus, in die Carceres. Marius trainiert dort, um die Pferde an die gigantische Rennbahn zu gewöhnen. Sie ist 600 Meter lang und 145 Meter breit!

Nachts schläfst du im Stall, um die Pferde zu bewachen. Kurz bevor du einnickst, vernimmst du ein quietschendes Geräusch.

Wenn du liegen bleibst, lies weiter auf Seite 25

Wenn du nachsiehst, woher das Geräusch kommt, lies weiter auf Seite 89

Als Lucius die Gaststätte verlässt, stellst du dich ihm in den Weg.
„Warum bezahlst du einen Brandstifter?", fragst du ihn wütend.
„Wer bist denn du, du Wurm, dass du es wagst, mich zu beleidigen?", blafft Lucius dich an. Er tritt nah an dich heran. „Dich kenne ich doch. Arbeitest du nicht für mich?"
„Richtig!"
„Das war's dann – ich schmeiße dich raus!"
„Nur zu!", rufst du laut.
Über euch wird ein Fensterladen geöffnet und ein alter Mann schaut heraus. Lucius bemerkt ihn jedoch nicht.
„Wahrscheinlich fackelst du andere Häuser ab, um die Ruinen billig zu kaufen. Dann baust du dort neue Häuser und streichst die Mieten ein", schleuderst du Lucius entgegen.
Der Bauunternehmer dreht sich um. Niemand zu sehen. Den Mann oben am Fenster hat er immer noch nicht bemerkt. „Na schön, du hast mich durchschaut. Aber du kannst mir nichts beweisen. Und jetzt werde ich dir den Mund stopfen." Mit einer blitzschnellen Bewegung zieht er ein Messer.
Du schreist um Hilfe – und jetzt greift der Mann am Fenster ein. „Lass ihn in Ruhe!", brüllt er so laut, dass plötzlich überall die Fensterläden geöffnet werden.
Lucius ergreift die Flucht. Doch das nutzt ihm nichts. Denn du hast einen Zeugen: den alten Mann am Fenster. Mit seiner Unterstützung klagst du den Bauunternehmer vor einem Gericht an – und Lucius wird das Handwerk gelegt.
Du findest übrigens eine neue Arbeit – bei Tiberius!

Ende

96

Du rennst zu den Stufen. Nur runter, nur raus hier! Doch der Qualm ist unheimlich dicht, er raubt dir die Sicht und den Atem! Aber das Treppenhaus ist der einzige Ausweg! Also kämpfst du dich weiter nach unten. Deine Augen tränen, deine Lungen schmerzen. Du musst husten.
Plötzlich knackt etwas über dir. Du schaust nach oben – in einem Funkenregen stürzt ein brennender Balken auf dich herab.

Ende

Das riesige Kolosseum ist voll besetzt. 50.000 Zuschauer sind gekommen, darunter Kaiser Augustus. Zunächst treten Musiker, Tänzer und Akrobaten auf. Dann werden wilde Tiere durch die Arena geführt: Bären, Löwen und Tiger.
Schließlich seid ihr dran. Du wirst gleich den ersten Kampf bestreiten. Die Menge jubelt euch zu.
Dein Gegner ist ein Thraker, ein muskulöser Kerl, den du aus der Gladiatorenschule kennst. Daher weißt du auch, dass dieser Mann sehr gefährlich ist. Jetzt trägt er neben dem Kurzschwert einen kleinen Schild, Beinschienen und einen Helm.
Du konzentrierst dich und wirst ganz ruhig. Das Geschrei von den Rängen blendest du komplett aus.
Lauernd umkreist ihr euch. Dann gehst du zur Attacke über. Wieder und wieder greifst du an, aber dein Gegner kann immer wieder ausweichen. Dann dreht er den Spieß um. Urplötzlich schlägt der Thraker mit dem Schild nach dir. Gleichzeitig führt er die scharfe Klinge sichelförmig nach oben – sie verfehlt dich nur um Millimeter. Du weichst zurück und gerätst ins Straucheln. Dein Gegner tritt nach dir und trifft deine Hand, die das Schwert führt. Die Waffe fliegt weg. Der Thraker setzt nach und rammt dir den Schild vor die Brust. Du krachst in den Sand der Arena.
Die Menge rast und tobt.

Wenn du deinen Schild auf den Thraker wirfst, lies weiter auf Seite **56**

Wenn du ihm Sand entgegenschleuderst, lies weiter auf Seite **84**

Seite an Seite mit Decimus kämpfst du. Ihr schlagt euch wirklich wacker – aber die Übermacht ist einfach zu groß. Und so geht auch ihr mit den Legionen unter. Euer Befehlshaber Varus, der Arminius blind vertraute, begeht noch auf dem Schlachtfeld Selbstmord.

Als Kaiser Augustus im fernen Rom von der furchtbaren Niederlage seiner Truppen in Germanien hört, ruft er: „Vare, legiones redde! – Varus, gib die Legionen zurück!"

Ende

Du kehrst zu deinem Posten zurück. Doch dort steht bereits jemand …
Decimus!
„Wo kommst du her?“, schnarrt er.
„Ich war nur mal kurz … Äh, ich habe etwas beobachtet und nachgesehen!“, stotterst du.
„Du weißt genau, dass du deinen Posten nicht verlassen darfst!“, brüllt der Zenturio dich an. „Damit gefährdest du die Sicherheit von uns allen. Wie gut, dass ich einen Kontrollgang gemacht habe!“
Du schluckst. Du weißt, welche Strafe dich erwartet: die Todesstrafe!
Also hast du nichts mehr zu verlieren. Blitzartig schlägst du zu und schickst deinen Zenturio mit einem Aufwärtshaken ins Reich der Träume.
Dann rennst du weg, einfach in den Wald hinein und gelangst in ein Moorgebiet.

Lies weiter auf Seite 75

Beim Rennen hat Marius nicht den Hauch einer Chance. Seine Pferde sind nervös und haben längst nicht die Kraft und Ausdauer wie sonst.

Nach dem Wettkampf stapft Marius wütend in den Stall, wo du dich um die erschöpften Tiere kümmerst.

„Kannst du mir erklären, warum meine Tiere heute so schlecht gelaufen sind?“, fragt er lauernd.

„Äh … nein“, antwortest du.

„Das solltest du aber können!“, schreit Marius dich an. „Denn sie waren vergangene Nacht in deiner Obhut. Und ich wette, dass jemand meinen Pferden in genau dieser Nacht etwas ins Futter gemischt hat. Etwas, das sie krank gemacht hat! Und du hast das nicht verhindert! Weil du entweder gepennt hast oder mit den Tätern unter einer Decke steckst!“

Du schüttelst den Kopf. „Nein, so war es nicht!“

„Doch, genau so!“, brüllt Marius. „Und deshalb werfe ich dich raus! Ich will dich nie wieder sehen!“

Ende

Du beginnst bei den Knechten. Doch niemand hat etwas Verdächtiges gehört oder gesehen.
Also machst du bei den Rennfahrern weiter. Zur blauen Mannschaft gehören neben Marius noch Quintus und Servius.
„Nein“, meint Servius. „Es war alles wie sonst. Meine Pferde haben wohl einfach nur einen schlechten Tag erwischt.“
Du gehst weiter zu Quintus. „Kannst du dir erklären, warum gleich alle Pferde der blauen Mannschaft heute so schwach waren?“, fragst du ihn.
Quintus lacht. „Will ein Knecht wie du Detektiv spielen?“
„Ich habe nur eine Frage gestellt, mehr nicht.“
Der Wagenlenker winkt ab. „Kümmere dich um deine Aufgaben, Knecht. Du verstehst nichts von den Rennen. Und ich glaube nicht, dass irgendjemand so gemein ist, unseren Pferden etwas ins Futter zu mischen!“
Du kehrst in den Stall zurück. Quintus' Worte schwirren in deinem Kopf herum. Irgendetwas stimmt doch da nicht. Plötzlich wird dir heiß. Du hattest gegenüber Quintus überhaupt nicht erwähnt, dass den Tieren etwas ins Futter gemischt wurde! Woher wusste Quintus das? Ist er etwa der Täter? Oder vermutet Quintus nur, dass die Schwäche der Tiere etwas mit dem Futter zu tun hat? Du musst vorsichtig sein. Quintus ist ein berühmter und mächtiger Mann ...

**Wenn du diese Spur nicht weiterverfolgst,
lies weiter auf Seite** 16

**Wenn du Quintus beobachtest,
lies weiter auf Seite** 92

Du beschwörst alle Götter, die du kennst, als du den schmalen Sims betrittst. Deine Knie werden weich, dein Atem geht stoßweise. Du presst dich mit dem Rücken fest an die Wand und vermeidest es, nach unten zu schauen.
So schiebst du dich ganz langsam auf dem Sims vorwärts, Schritt für Schritt.
Von unten rufen dir die Leute irgendetwas zu, aber du bist viel zu ängstlich und nervös, um sie zu verstehen.
Plötzlich, auf der Höhe eines anderen Fensters, aus dem auch Rauch quillt, wird der Sims schmaler. Teile sind abgefallen, das ist mal wieder der typische Pfusch am Bau in Rom!
Höchstens 15 Zentimeter breit ist der kaputte Sims noch! Aber du hast keine andere Wahl, du gehst weiter. Plötzlich knirscht es unter deinen Füßen, weitere Teile des Simses fallen herab. Dein Herz hämmert wie das einer fliehenden Maus. Mit Todesverachtung kämpfst du dich voran – und endlich, endlich hast du das Nachbargebäude erreicht. Man öffnet ein Fenster und du schlüpfst hindurch.
Du bist in Sicherheit – nach der schlimmsten Kletterpartie deines Lebens!

Ende

Deine Suche nach Arbeit wird von Erfolg gekrönt. Du wirst Küchenhelfer im Haushalt des äußerst wohlhabenden Tuchhändlers Appius. Er bewohnt ein riesiges Haus auf dem Hügel der Reichen, dem Palatin.
Appius ist ein ernster, ruhiger Mann, der dich und das übrige Personal anständig behandelt. Du darfst mit den anderen Dienern im hinteren Teil des Hauses schlafen, ganz in der Nähe der großen Küche und der Vorratsräume.
Eines Nachts weckt dich ein Geräusch. Was war das?
Da, wieder ein Klopfen! Dann ein Schaben und Kratzen.
Du stehst auf und willst nach dem Rechten sehen. Sind da etwa Einbrecher am Werk?
Prompt fällt dir eine Geschichte ein, die du vor Kurzem auf dem Markt gehört hast. Schon seit Monaten dringt eine Diebesbande in die Villen der Reichen ein. Stets konnten die Täter unerkannt entkommen, nachdem sie fette Beute gemacht hatten. Am Tatort fand sich jeweils ein roter Handabdruck, sozusagen als Markenzeichen. Die Rote Hand – so nennen die Leute die Bande.
Du gelangst in die Küche. Hier sind die Geräusche noch lauter. Sie scheinen aus dem Keller zu kommen.

**Wenn du im Keller nachsiehst,
lies weiter auf Seite** **8**

**Wenn du Appius holst,
lies weiter auf Seite** **73**

Das wollen wir doch mal sehen!, denkst du wütend und prügelst mit dem Wassereimer auf den Mistkerl ein. Der Mann ist völlig überrascht von deiner Attacke. Er fuchtelt ein wenig mit dem Messer herum, aber nachdem du ihn mit dem Eimer zum zweiten Mal am Kopf getroffen hast, gibt er auf und flieht aus dem Stall. Du rennst ihm hinterher, aber der Mann ist zu schnell für dich – er entkommt unerkannt.

Du legst dich wieder hin und grübelst. Wer war der Kerl? Drohen noch weitere Attacken? Schon stehst du wieder auf und kontrollierst alle Tore im Stall. Dann machst du Licht und beschließt, die ganze Nacht wach zu bleiben und die Pferde zu beschützen.

Der Täter soll keine Chance haben, sich an den edlen Tieren zu vergreifen. Aber was ist morgen beim Rennen? Zweifel plagen dich. Wird der Täter während des Wettkampfes zuschlagen? Oder kurz davor? Sollst du Marius davon überzeugen, morgen nicht anzutreten?

**Wenn du Marius nichts sagst,
lies weiter auf Seite 24**

**Wenn du Marius zu überzeugen versuchst,
lies weiter auf Seite 43**

Du flitzt aus dem Keller und trommelst Appius aus dem Schlaf. Der Tuchhändler stürmt mit dir in den Keller. Er schaut sich das Loch im Kellerboden genauer an.
„Beim Jupiter, wie das stinkt!“, ruft er entsetzt. „Aber das ist kein Wunder. Hier unten verläuft schließlich die Cloaca Maxima.“
Du rümpfst die Nase. Bei der Cloaca Maxima handelt es sich um ein riesiges Kanalsystem, in dem alle Abwässer der Stadt Rom gesammelt und in den Fluss Tiber geleitet werden. Kein Wunder, dass es dort so muffelt!
Dann bemerkt Appius den roten Handabdruck. „Früher oder später musste es ja so kommen – die Bande verschont wirklich niemanden. Zu dumm, dass die Täter entkommen konnten!“
Du verkneifst dir den Hinweis, dass man ja die Täter durch die stinkenden Kanäle verfolgen könnte. Denn du ahnst, wer dann die Verfolgung aufnehmen müsste. Appius wäre es sicher nicht.
„Und jetzt verschließen wir das Loch. Nein, nicht wir“, verbessert sich Appius. „Du wirst es tun. Und zwar so, dass niemand mehr in mein Haus einbrechen kann.“
Also machst du dich an die Arbeit. Das ist immer noch besser, als jetzt durch die Cloaca Maxima zu hetzen.

Ende

106

In der nächsten Nacht kletterst du heimlich aufs Dach des Tempels der Vesta und seilst dich ab. Mondlicht sickert durch die Öffnung in das Heiligtum. Das ewige Feuer, das auch nachts nie erlöschen darf, wirft flackernde Schatten an die Mauern. Julia wird die Nacht über Holz nachlegen, es droht keine Gefahr. Du versteckst dich hinter einer Säule. Dann beginnt das Warten.

Der Morgen graut schon, als du Stimmen hörst. Dein Pulsschlag beschleunigt sich. Du spähst hinter der Säule hervor und siehst die Oberpriesterin Cornelia. Hinter ihr folgt Augustus. Der Kaiser tritt zum heiligen Feuer und versinkt im Gebet. Cornelia steht seitlich hinter ihm.

Aber wo ist der Attentäter?, überlegst du fieberhaft. Deine Nerven sind zum Zerreißen gespannt. Hat sich Julia geirrt?

Plötzlich greift Cornelia in ihre Stola. Langsam, ganz langsam zieht sie etwas hervor.

Deine Augen weiten sich: Es ist ein Messer! Jetzt wird dir klar: Cornelia selbst will den Kaiser ermorden! Du stürmst hervor und schlägst der Oberpriesterin die Waffe aus der Hand.

Augustus ist völlig verdattert. „Was geht hier vor?"

Da poltert die Leibwache herein. Auch Julia kommt. Gemeinsam klagt ihr die Oberpriesterin an. Cornelia gesteht, dass sie den Kaiser im Auftrag von Senatoren, die einen Umsturz planten, töten wollte. Dafür habe sie viel Geld erhalten. Cornelia wird verhaftet und Julia zur neuen Oberpriesterin ernannt. Und du? Der Kaiser wiegt dich mit Gold auf für deinen heldenhaften Einsatz!

Ende

108

Wieder und wieder versuchst du, die Fackel neu zu entzünden, aber das misslingt dir. Na gut, dann eben ohne Licht!
Du nimmst dir vor, genau 200 Schritte vorwärts zu gehen. Wenn du bis dahin nichts erreicht hast, wirst du umkehren.
In völliger Dunkelheit stolperst du weiter, die Arme vor dir ausgestreckt. Dabei zählst du leise deine Schritte.
Bei Schritt 119 spürst du etwas Hartes an deinen Händen. Du tastest es ab – es ist Holz!
Eine Tür?
Du untersuchst das Holzding und findest eine Klinke. Vorsichtig drückst du sie hinunter und öffnest die Tür.
Vor dir liegt ein düsterer Raum.

**Wenn du den Raum betrittst,
lies weiter auf Seite** 65

**Wenn du umkehrst,
lies weiter auf Seite** 70

Endlich nickst du ein. Doch nur wenig später schreckst du wieder hoch. Ein ganz bestimmter Geruch ist dir in die Nase gedrungen.
Feuer!
Du springst aus deinem schmalen Bett, hetzt zur Tür und reißt sie auf.
Dichter Qualm schlägt dir entgegen, das Treppenhaus ist voller Rauch!

**Wenn du in dein Zimmer zurückrennst,
lies weiter auf Seite** 18

**Wenn du dich trotz des Rauchs
ins Treppenhaus wagst,
lies weiter auf Seite** 96

Du machst dich ganz klein in deinem Versteck. Ausgerechnet jetzt beginnt es in deiner Nase ganz furchtbar zu kribbeln. Dieses Heu!
Die Gestalt ist jetzt auf deiner Höhe.
Das Kribbeln wird stärker und stärker und stärker – und du kannst einfach nichts dagegen machen: Du musst niesen!
Die Gestalt knurrt wütend, dann springt sie in die Box, in der du dich versteckt hast. Sie packt dich und drückt dich gegen die Wand.
Beim Jupiter, ist der Kerl stark!
„Du bist zur falschen Zeit am falschen Ort", zischt die Gestalt.
Du auch, denn du hast nachts nichts in meinem Stall verloren!, denkst du und trittst dem Schurken mit voller Wucht auf den kleinen Zeh.
Der Mann jault vor Schmerzen und lässt dich los. Er beginnt einen lächerlichen Tanz auf einem Bein.
Du flitzt aus der Box und sperrst den Kerl im Stall ein. Dann holst du Marius. Mit vereinten Kräften überwältigt ihr den Kerl. Er gesteht, ein Dieb zu sein, der eines der wertvollen Rennpferde stehlen wollte.
Durch deine Wachsamkeit hast du das verhindert. Marius ist sehr zufrieden mit dir und verdoppelt deinen Lohn.

Ende

„Was glaubst du, wie die Täter vorgehen?“, fragst du Julia.
„Augustus hat schon öfter der Vesta ein Opfer dargebracht“, berichtet Julia. „Wenn er zum Tempel kommt, ist er immer von seinen Leibwächtern umgeben. Doch wenn der Kaiser die Cella, den heiligen Innenraum des Tempels, betritt, bleiben die Leibwächter draußen.“
„Dann wäre das vermutlich der beste Zeitpunkt, um zuzuschlagen“, vollendest du den Gedanken.
Julia nickt. „Ja, und bereits morgen will Augustus kommen! Wir müssen dich in den Innenraum schleusen. Dort musst du dich verstecken.“
„Aber wie soll ich da hineinkommen?“
„Hm, es gibt zwei Möglichkeiten: Du kannst über das Dach klettern. Der Tempel ist rund und hat genau in der Mitte des Daches eine Öffnung, durch die der Rauch des heiligen Feuers abzieht und durch die du dich abseilen könntest. Oder du verkleidest dich als Priesterin und versuchst auf diese Art, in den Tempel zu gelangen. Was meinst du?“

**Wenn du dich verkleidest,
lies weiter auf Seite 85**

**Wenn du über das Dach
in den Tempel eindringen willst,
lies weiter auf Seite 106**

112

Du eilst sofort zu Quintus' Haus. Der Wagenlenker erteilt gerade den Sklaven Anweisungen, seine Pferde und seinen Wagen zum Circus Maximus zu bringen. Als du mit Quintus allein bist, kommst du gleich zur Sache und klagst ihn an.
Quintus bleibt ganz ruhig. „Oh, mein junger Freund, da hast du dich aber in etwas verrannt. Niemals würde ich auf die Idee kommen, meine eigene Mannschaft zu schwächen!"
„Doch genau so war es", beharrst du.
„Lass uns das in meinem Arbeitszimmer besprechen", sagt Quintus sanft. „Ich werde Marius holen. Er wird bezeugen, dass ich mit der Sache nichts zu tun habe."
Marius? Das ist gut!, denkst du dir und folgst Quintus in dessen Tablinum.
„Setz dich, ich komme gleich wieder", sagt Quintus und lässt dich allein.
Kurz darauf kehrt er zurück. „Ich habe einen Sklaven zum Haus von Marius geschickt. Er wird bald hier sein", sagte er. Dann schenkt er dir kaltes Wasser aus einem Krug ein.
Gierig nimmst du einen langen Schluck. Doch das Zeug schmeckt komisch – dir wird sofort schwindelig.
Gift, im Wasser ist Gift!, durchfährt es dich. Wie konntest du nur so naiv sein! Langsam sackst du vom Stuhl, während Quintus dich kalt anlächelt.

Ende

Als du im Stollen bist, entzündest du eine Fackel, die du sicherheitshalber mitgenommen hast.
Tatsächlich, das scheint ein Geheimgang zu sein, der bergauf zur Stadt führt. So also lassen sich die Galater mit Lebensmitteln versorgen!
Diese Entdeckung wird dir Ruhm und Ehre einbringen!

**Wenn du den Gang weiter erkundest,
lies weiter auf Seite** 52

**Wenn du zu deinem Lager rennst,
um Verstärkung zu holen,
lies weiter auf Seite** 76

Der Mann mit den Narben heißt Brutus. Er bringt dich zur Ludus Magnus, der bekanntesten Gladiatorenschule Roms.
„Hier kannst du lernen zu kämpfen“, erklärt Brutus dir, als ihr auf dem Gelände seid. Du schaust dich um und siehst mehrere flache Häuser, die dich an Kasernengebäude erinnern. Sie gruppieren sich um einen großen Hof, dessen Boden mit Sand bestreut ist.
„Hier kannst du aber auch lernen zu siegen“, fügt Brutus hinzu. „Und wenn du später im Kolosseum mehrfach triumphierst, wird das Volk dich lieben. Du wirst berühmt.“
Du weißt, dass Brutus die Wahrheit sagt. Zwar gibt es viele Sklaven, die in der Arena kämpfen müssen, aber es gibt auch Freiwillige. Freiwillige wie dich, die auf Ruhm und Ehre hoffen. Und natürlich auch auf Geld …
Ein Tor geht auf und eine Horde von Kriegern stürmt heraus. Die Männer tragen Schwerter, Dreizacke und andere furchterregende Waffen. Sie umringen dich, und einer brüllt dich an: „Was willst du hier? Heute ist kein schöner Tag, um zu sterben!“
Du bekommst weiche Knie.
Brutus bringt die Meute zum Schweigen. „Das Training beginnt, du kannst gleich mitmachen“, sagt er dann zu dir und lächelt. „Oder willst du lieber wieder gehen?“

Wenn du bleibst,
lies weiter auf Seite **21**

Wenn du die Schule verlässt,
lies weiter auf Seite **81**

Noch am selben Abend feierst du mit Publius deinen Abschied aus Rom in einem Gasthaus. Du hast deine letzten Münzen zusammengekratzt, um dir mal etwas zu gönnen. Schon am nächsten Morgen wollt ihr zu einer Kaserne laufen und Legionäre werden.

Im Gasthaus ist es brechend voll. Es wird ziemlich viel gebechert, der Wein fließt in Strömen.

„Guck mal, da vorn sitzt doch Marius", rufst du plötzlich. Marius ist der erfolgreichste Wagenlenker in ganz Rom.

„Stimmt!", sagt Publius aufgeregt. „Er scheint Streit mit den Typen am Nachbartisch zu haben."

Auch dir ist das nicht entgangen. Marius ist aufgestanden und brüllt einen bulligen Mann in einer schmutzigen Tunika an. Beide haben die Fäuste geballt.

Urplötzlich bricht eine Schlägerei aus, an der sich auch andere Männer beteiligen. Offenbar gibt es zwei Lager – auf der einen Seite ist Marius mit seinen Leuten, auf der anderen der bullige Kerl mit seinen Schlägern.

„Da halte ich mich lieber raus", meint dein Freund Publius.

Wenn du dich in den Kampf einmischst, lies weiter auf Seite 12

Wenn du dich lieber aus dem Kampf heraushältst, lies weiter auf Seite 19

Leseprobe aus dem
Ravensburger Taschenbuch 52501
„1000 Gefahren im Reich des Pharao“
von Fabian Lenk

Was für ein Abend! Gerade geht die Sonne rotglühend über Memphis, der Hauptstadt Ägyptens, unter. Im Jahr 2581 vor Christus ist es friedlich in Ägypten. Schon lange hat es weder Kriege noch Missernten gegeben. Pharao Cheops ist an der Macht. Derzeit lässt er sich eine gewaltige Pyramide errichten. Du sitzt mit deiner Familie auf dem Dach eures Hauses im Zentrum der Stadt. Ihr esst immer hier oben zu Abend, weil vom nahen Nil eine angenehme Brise über die Dächer streift und die Hitze des Tages vertreibt.

Heute gibt es Latos, den leckeren Nilbarsch, und dazu ofenwarmes Brot. Für den Nachtisch stehen Datteln und Feigen bereit. Als Getränke habt ihr Irtet, eine mit Honig gesüßte Ziegenmilch. Deine Eltern genehmigen sich einen Krug mit kühlem Irep. Das ist mit Wasser verdünnter Wein.

Du bist bester Laune und machst Blödsinn mit deinen beiden jüngeren Brüdern und deiner Schwester. Auch deine Mutter lässt sich von eurer guten Laune anstecken.

Nur dein Vater ist heute wieder sehr ernst. Er ist ein berühmter Arzt. Sogar Pharao Cheops vertraut auf seine Künste.

„Ich muss etwas mit dir besprechen", meint dein Vater zu dir. Seine Stimme hört sich so an, als ob es sich um etwas wirklich Wichtiges handelt. Aber um was? Du bist mächtig gespannt und daher ausnahmsweise einmal ganz Ohr.

Alle Blicke sind nun auf deinen Vater gerichtet.

Lies weiter auf Seite 48

„Nubien? Das ist mir zu weit weg“, sagst du. „Ich suche mir lieber im Hafen von Memphis Arbeit.“
Schulterzuckend geht Taheb.
Du hörst dich an der Anlegestelle um und findest tatsächlich einen Kapitän, der dir Arbeit gibt. Du sollst helfen, Holz von seinem Lastkahn zu schleppen.
Du bist stolz. Heute Abend wirst du einiges verdient haben und den Verdienst deinen Eltern zeigen können. Du bist also doch zu etwas zu gebrauchen!
Die Arbeit entpuppt sich als sehr hart. Dein neuer Chef treibt dich und die anderen unermüdlich an.
Am Abend holt er euch an Bord, um euch auszuzahlen.
Doch dort erlebt ihr eine böse Überraschung. Der Kapitän und einige Komplizen überwältigen und fesseln euch. Dann legt das Schiff ab und fährt in Richtung Mittelmeer.
Der Kapitän kündigt an, dich und die anderen als Sklaven zu verkaufen!

Ende

Noch nie warst du im Palast des Pharao. Dein Vater begleitet dich dorthin und übergibt dich am Eingang einem Diener, der dich ins Palastinnere führt. Vorbei an Wasserspielen und Teichen mit Lotusblumen gelangst du in einen großen Saal. Was für eine Pracht! Der Boden ist mit kostbaren Mosaiken verziert. Die Wände sind mit Gemälden geschmückt, die Pharao Cheops bei der Jagd oder im Kampf zeigen, wo er seine Feinde besiegt. Hunderte von bunt bemalten Säulen in Form von Palmen tragen die edle Holzdecke.
Der Diener schiebt dich in einen Nebentrakt des riesigen Palastes. Hier ist es längst nicht so elegant. Dann stehst du in dem winzigen, stickigen Büro eines fröhlichen Mannes mit Glatze.
„Ich beaufsichtige die Dienerschar am Hof", schnarrt er. „Derzeit haben wir 834 Diener allein für Cheops. Weitere 312 Diener stehen seinen zwölf Nebenfrauen zur Verfügung und 708 seiner Hauptfrau Merititis. Dein Vater behauptet, dass du ein schlaues und eifriges Bürschchen bist. Mach ihm keine Schande, sonst landest du bei den Krokodilen im Nil."
„Gut, verstanden!"
„Ich brauche ständig überall neue Diener. Willst du lieber dem Pharao oder seiner Frau dienen?"

Wenn du Pharao Cheops dienen willst,
lies weiter auf Seite **92**

Wenn du dich für Königin Merititis entscheidest,
lies weiter auf Seite **111**

10 Du stehst in einem kahlen Flur. Rechts ist eine Tür. Du öffnest sie. Dahinter liegt ein einfach möblierter Wohnraum. Niemand ist zu sehen.

Da dringt ein Geräusch an deine Ohren, ein irres Kichern. Es kam aus dem angrenzenden Raum. Erneut ist das irre Kichern zu hören, gefolgt von einem Schrei. Deine Nackenhaare stellen sich auf.

Wenn du das Zimmer nicht betrittst,
lies weiter auf Seite **20**

Wenn du in das Zimmer gehst,
lies weiter auf Seite **90**

11

Du rufst die Wachen und führst sie zu dem Versteck.
Die Männer trauen ihren Augen kaum.
Dann warten sie, bis Rechmire nach Hause kommt. Er wird verhaftet. Angesichts der erdrückenden Beweislast gesteht der Priester, dass er schon seit Jahren den Schmuck der Menschen stiehlt, die er mumifizieren soll.
Der Pharao hört von deiner hervorragenden Detektivarbeit. Zum Lohn schenkt Cheops dir viel Gold. Außerdem wirst du befördert.

Ende

12

Die Frau saust über einen kurvenreichen Weg am Ufer entlang. Du bleibst an ihr dran – sie darf nicht entkommen! Im Rennen rufst du einem Fischer zu, dass er die Palastwache alarmieren soll. Wenig später ist Hufgetrappel zu hören. Du drehst dich um. Bewaffnete Reiter sprengen heran. Da ist die Palastwache!

Hinter der nächsten Kurve ist die Frau plötzlich verschwunden! Hat sie dich abgehängt? Ausgepumpt bleibst du stehen. Die Reiter preschen an dir vorbei.

Die Männer werden die Täterin schon erwischen, glaubst du und willst umkehren. Doch in diesem Moment vernimmst du ein verdächtiges Rascheln im Schilf. Dort bewegt sich etwas. Du siehst genauer hin. Da hat sich doch jemand versteckt. Du watest ins Wasser – und entdeckst die kleine Frau!

„Komm nicht näher!“, warnt sie dich. Sie hat ein Messer auf dich gerichtet. „Und halt den Schnabel!“

„Früher oder später werden sie dich kriegen!“, erwiderst du.

„Sie sollen lieber Kawit verhaften! Denn sie gab mir den Befehl, das Gift ins Essen zu mischen. Kawit will Merititis töten, um selbst Hauptfrau des Pharaos zu werden. Und jetzt sollten die Wachen mich töten, damit es keine Zeugen gibt.“ Dann schwimmt die Frau zum anderen Ufer des Nils.

Du gibst den Wachen den entscheidenden Tipp. Sie können die Giftmischerin doch noch fangen und zu Cheops bringen. Mithilfe ihrer Zeugenaussage gelingt es dir, Kawit zu überführen. Die beiden Damen landen für immer im Gefängnis. Merititis überlebt den Anschlag und du wirst umgehend befördert.

Ende

Ravensburger Bücher

1000 GEFAHREN
DU ENTSCHEIDEST SELBST!

Mutige Kämpfer

ISBN 978-3-473-52500-3

Räuberische Angriffe

ISBN 978-3-473-52499-0

www.ravensburger.de

Ravensburger

RTB_13_018

Ravensburger Bücher

1000 GEFAHREN
DU ENTSCHEIDEST SELBST!

Sagenhafte Schätze

ISBN 978-3-473-**52474**-7

Knallharte Katastrophen

ISBN 978-3-473-**52475**-4

www.ravensburger.de

Ravensburger

RTB_13_017

Ravensburger Bücher

1000 GEFAHREN
DU ENTSCHEIDEST SELBST!

Kampf um die Macht

ISBN 978-3-473-52463-1

Knallhartes Spiel

ISBN 978-3-473-52397-9

RTB_12_011

www.ravensburger.de

Ravensburger

Ravensburger Bücher

1000 GEFAHREN
DU ENTSCHEIDEST SELBST!

Feinde im Netz

ISBN 978-3-473-**52437**-2

Höchste Alarmstufe

ISBN 978-3-473-**52426**-6

RTB_12_012

www.ravensburger.de

Ravensburger